ガニ股

TATUO HIRAI

平井辰夫随筆集

創風社出版

平井辰夫随筆集　ガニ股

目次

ガニ股

ガニ股

今朝のことだ。新聞を読んでいたら、ガニ股がいまナウイと出ていた。朗報であった。思いがけない、全く意外であった。このガニ股のため、私はいまだに右足をひきずりかげんにして歩く。

もとはといえば、テレビタレント、みの・もんた氏に責任がある。お昼どき、食事をとりながら、彼の健康にかかわる番組を見ていると、数人のタレントに加えて、専門家の医師が出ていた。

数年前であった。ガニ股の矯正方法を、面白くおかしく説明していた。ガニ股の私は身につまされて拝聴し、有難い番組を見たよろこびを、その日の散歩から、早速にはじめた。実行型なのだ。

朝夕、一時間だったのを二時間にのばして、ガニ股矯正に必死の思いで歩巾をのばした。

その原理が簡単なだけに、よけい納得してはげんだ。

外股あるきを止め、つとめて足先を内側へ向けよ、というのである。しぜんに膝が真直ぐになるというのである。

そのうちに効いてきたのか、すごく膝頭あたりの関節が痛みだした。

これはきっとなおりつつあるのだと思いこんで、ますます内股あるきに専念しつづけた。

痛みを怺えて頑張ったが、どうにも烈しい疼痛に襲われて、はりをする医院に暫く通った。はりは、はじめのうちはたしかに効いたが、そのうちあまりはかばかしくなくなった。

そこで町医者通いは断念、大きな総合病院へかかることにした。

レントゲンの結果、膝の半月板がすり減っているので、疼きがそこにあると指摘されたが、一番こたえたのは、

「長年ガニ股でいたのです。そのままでよかったのですよ。今更無理して矯正しようとしても、痛みをともなうだけですョ」

要するに老化現象なのである。どうしようもない。以後、もうこだわらなく、公然とガニ股あるきをつづけている。此の方が楽《らく》である。自然体だ。

ましてや、今朝の新聞記事である、ガニ股あるきするためには、爪先を外側に向けるが

よいと、私が教えてやる立場になった。なにかしら、おかしなスタイルが流行する世になった。ガニ股の格が見直されて上《あが》ったのだ。

護符

クラレの前身の呼称は倉敷レイヨンであった。

現在地の前は新居浜市に工場があった。その新居浜時代から西条に移転、永年勤務の後、定年退職された吉岡福寿氏が、戦後半世紀余を経て、戦中記（昭和十七年十二月より昭和二十年八月迄の記録）を出版された。記録にとどめておかねばならない、衝撃的な、苦難の日々であった。

厚手の原稿を何度も読み、ご協力させて頂いた。

はじめてのことであり、行分け、句点、読点、段落などの、印刷屋さんに行く前の仕事をした。題も『ビルマ戦線従軍記』とつけ、一葉、表紙絵を描いた。パゴダの仏塔を背にして、疲れきった兵士たちをイメージした。

従軍記と名付けたものの、これはまさしく後半は惨憺たる敗走記で、悲惨な内容であった。

その敗走中に、ひらひらと紙切れがとんできたという。拾ってみると、なんとそれは四国霊場六十四番札所前神寺の護符であった。

以後、その守り札を身につけてから、苦境を抜け、奇跡的に帰還の舟にも当日つく事が出来た。

「そのお守り札は、いつも身につけています」

と吉岡さんはポケットから取り出して見せてくれた。かなり黒ずみ皺んではいるが、黒々と石鉄蔵王大権現と書かれていた。

復員後も随分、いろいろ有難い奇跡を沢山頂いたという。

待ちに待った印刷が、今春、ようやく刷りあがり、私宅に届けられた。吉岡さんは単車で、すぐに駆けつけられ、嬉しそうに頰をほころばせた。

「前神寺に早速行って、御礼を兼ねて献本させてもらいます」

と言った。八十五才とは思えぬ若々しい口調であった。

猫の皮

先日、三味線の調律をしている職人さんと話をした。

三味線の皮が猫だというぐらいの世間智はあったが、それがすべて雄猫の皮だということは識らなかった。全く初耳だ。

弦の張られた、撥《ばち》があたる表皮の面に、薄灰色の小粒な跡が四箇所ある。雄猫の乳の痕跡だという。雌猫の場合は乳が大きいために、その痕跡が大きくのこる。ために雄猫だけを使用するという。

猫の胴腹から胸部へかけて、弦の張られる表皮に使用し、裏側には胴腹から下半身、臍《へそ》部で断たれる。だから裏の下方に、一ヶ所、大きく臍痕が痣《あざ》のようにのこっている。

白々と美しい猫皮は傷のないのが上等である。

傷ものは敬遠される。

たえず争闘に生きつづける野良猫は、どこかに傷をもっている。張ったとたんに、傷あとから裂ける。粗悪品となる。

大事大切に飼われた猫には傷あとが皆無である。いい皮はいい音をだすという。飼猫が一番上等。

職人さんは語りながら一曲爪弾いてくれた。

ジンジン腹にしみとおる、力強いひびきだった。

三本というわずかな弦が、複雑な階調を奏でる。

とても、あの猫たちの胴腹とは考えられない。

これだけ現代科学の発達した世だ、なにも雄猫だけに固執せずに、化学皮革で猫皮に代わるものが出てこないだろうかと、私は思った。

おそらくは業界で、すでに研究されたことだろう。にもかかわらず今なお猫皮で、それも雄皮だけが張りつづけられているのは、昔からの知恵にかなわないからか。

それとも芸事は特に伝統を重んじる所為なのか。

奇跡

今年、三月二十五日、倉敷の労組本部から帰宅した。

労使協催の「ふれあいセミナー」の講師として、先輩の体験を話し、後半は絵を描き、皆さんにもその実技を講習して頂いた。

題して「未知との遭遇」という主題であった。長年、絵を描くなんてことはなかった人ばかりであった。そういう意味での未知と、不可解なる未知といってもＵＦＯでなく、狸の憑依現象にあった、少女の話をした。

その真偽のほどがわかりかねると、狐につままれたような、憂かぬ顔の人が多かった。

この自然界には人智の及ばない、ふしぎな領域が、解明されないまま存在している事を識ってほしいのが、狙いであった。

帰宅して机上におかれていた、新居浜市庄内町からのハガキを手にした。差出人は女性であった。

　まさしく未知との遭遇に、呼応する内容であった。全文、そのまま左に記す。


　突然のお便り、お許し下さい。

　娘が前期試験に失敗し、後期受験を終え、東京から帰ってきた日、偶然『馬になった話』、先生の著書を、画廊泉の森で手に入れました。パラパラとひらいた処に、なんでもすぐに、願掛けをきき届けて頂ける地蔵様の事を読みました。

　母親に出来ます事は、これしかない。祈るしかないと、九割かたあきらめの気持ちでしたが、毎日、仕事を終えてから、東予市の方へ廻り、大気味神社まで、お参りさせて貰いました。

　そのおかげがありました。なんと、たった五人しか合格させて貰えないのに、八十人近くが受験したという、それはそれは大変な難関でした。

　なのに本当に奇跡ってあるものですね。ですから嬉しくて、一面識もない先生に、ついひと言、御礼を申しあげたく、ぶしつけとは存じましたが一筆啓上。右御礼迄

『馬になった話』は昨年、出版した本である。

この欄（クラレユニオン「ポケット随想」）で発表した文章を一冊にしたのである。

お地蔵さんが行儀悪く立て膝してるのが珍しくて書いた話だった。願い事を聞くとすぐに立てるように、そんな姿をしてるときいた。その前に大気味神社がある。ここには喜左ヱ門狸という、霊験あらたかな祭神が祀《まつ》られている。

きっとあの狸の力も借りたに違いない。ともあれ奇跡は判然とおきたのである。

私は返事を送った。その末尾に向後共、娘さんには加護と、光りを約束してくれると結んであげた。

斬られ役者

ＮＨＫの朝のテレビドラマ「オードリー」の撮影風景や大部屋の様子をみているうちに、ふと私は入社当時の、なつかしい人を思いだした。

昭和二十三年、原動課電気室、ポットモーターの回収と再生室に十数人の仲間がいた。仲間といっても、皆、五十歳台の復員帰りの親爺さんばかりだった。戦前はそれぞれ、ひとかどの職歴をもっていた人達で、戦後の変転で、当時、容易に入社できた大企業の再就職者だ。

そのなかにＹさんがいた。小柄で無口、いつも微笑している。気の弱そうな人で、私は彼のそばで、いつも昼食をとった。

大方の人が将棋をさすのに、彼は煙草を吸う。すごいヘビースモーカーで煙脂《やに》臭い。

ある日、紫煙の行方を追う目つきで、なつかしそうに前歴を語ってくれた。

大部屋の斬られ役で三十年近くいたという。「毎日、斬られてバンツマ（板東妻三郎）やアラカン（嵐寛十郎）の相手をやった。いかに巧《うま》く斬られるか、その工夫をした。歩いていても、ギャッ！と叫んで倒れたりして、通行人を驚かしたこともあった」。

オードリーに出てくる主役三木孝太郎に斬られる、あの人達だ。アラカンとバンツマは私の憧れの役者だった。Yさんが、その有名人と仕事をしていたとは意外だった。以来私は、敬慕と前にも増して親近感を覚えた。

当時、映画は活動写真といった。Yさんは無声映画の活辨士《かつべんし》ではないが、活動に憑かれて血湧き肉躍らせて、十六歳の春、郷里丸亀を家出したのだった。大スターを夢みたまま雌伏三十年、大部屋暮らしで、途中兵役へ、そして戦後を迎えたのだった。

一度だけ斬られるところを見せてほしいと私はオネダリしたことがあった。その瞬間、「ギャオー！」。異様な叫びで彼は唸り、仰向けにひっくり返った。口から泡をふき、烈しく痙攣した。白眼をむいて凄い。まさしく迫真の演技だ。蒼白になり歯を喰いしばった彼に感動した。こんな凄惨な姿になるとは。

「テンカンだ！　Yがまたテンカンをおこしたぞ、早く医局へ電話せえ」

傍で将棋をしていた、もと衛生兵だった親爺さんが駒を握ったまま手を振っている。呆然と立っている私の耳もとへ彼は囁いた。

「おい、もっと離れろ、テンカンもちが屁ひったらウツるぞ……」。

ローカル語

なにげなく使っている言葉にも、ずいぶんとまちがいがあるものだ。

その例として車にしかれる。これはひかれるでないかと思う。しかれるはローカル語だ。

私のまわりの人たちは、しかれるという人が多い。

蒲団はひくのではなく、敷くが正しいと思う。敷くもひくも同義語、別に目くじらたてることではないが、それで暮しに不便が生じたら困る。

車にしかれるというとひかれるよりも迫力があるように思う。私の知人で、いつも会話に接続詞として、「あんのおえ……」と言う人がいる。

「あのねえ……」という意である。

たえずこの

「あんのおえ」を連発する。ほかにも、

「のもし……のもし……」

も頻繁に使う。これは
「のう、もし……」が詰まって、のもしとなったものと思う。

ローカル語と別に聞きまちがいや言いまちがいもある。

Aさんは娘さんの友人がきたとき、奥さんから「裏でワケギをとってきて…」と頼まれた。

「エッ!? ワキゲを剃ってこい」

思わず大声できさかえした。もてなしの料理を作っていた奥さんも娘も赤面したという。

友人もびっくりした顔をしたそうだ。

「あんな恥ずかしいことを言って……」

と娘に責められたと苦笑した。

はずかしながら私も、未だに、催し事をよもおしごとと言っては嘲われる。全くひとごとではないのである。

落雷

珍らしい落雷の話を聞いた。

玄関前の鉄製の引扉に落ちて家の中にころがりこんできたのだ。上りかまちから迂回する長廊下を抜け、中の間の広間にきて、開け放しの扉からまた奥廊下へ出て、裏木戸口の庭へとびだしていった。侵入経路である。

裏口から何処へいったか、痕跡がないから不明だ。とにかく通過した跡が歴然と黒焦げになっていたというのだ。モデル住宅ばかりの昨今、この珍しい雷も、人気が恋しくて物見高く覗きにきたのかもしれない。

少年の頃の記憶では、雷鳴が近づくと、母はかならず青蚊帳を吊ってくれた。蚊帳の中はふしぎな別世界で、細やかな網目で透かす外界とは異質で、安全地帯にひそんでいる安堵感があった。あの奇妙なやすらぎをあたえてくれる小宇宙がひどくなつかしい。

青蚊帳は戦後数年は使用しただろう、いつの頃からか廃棄して見当たらない。昔の夏を偲ぶ風物詩であった。

俳句仲間のSさんの話だが、先日、隣家に落雷したという。その家の高々と聳《しょう》立するアンテナ塔に命中。わが家に落ちたかと思う程の衝撃で、坐っていたのに跳び上った。

さいわいにお隣さんは留守で、胆を潰す破目には至らなかったが、テレビをはじめ家電製品の一切が壊されてしまった。

地震や火事と違い、雷の被害は広範囲ではない。単発的だ。何処にくるか予測できない処が怖い。至近の雷鳴、閃光には女子供でなくても脅えさせられる。

広野でもの影ひとつない芝生で、逃げ場のないゴルファー達が狙われやすい。訃報をよくきく。

また山での雷は特に危い。山男の友人の恐怖体験では、髪の毛一本一本総立ちしたという。

落雷に安全なのは自動車が一番であるという。その試験をテレビで見た。乗員ぐるみ車体へ放電現象をする。異常なく出てきた乗員はすずしい顔をみせる。異常なしの確証をしてみせる。

今や世は挙げて車社会だから、鋭意研究開発されたのだろう。免許無しで車とは無縁の、時代おくれの私には、あの青蚊帳の中での安堵感が、ほのぼのと郷愁をそそってやまないのである。

歳月

水墨教室を公民館でしている。生徒さんには御婦人方が多い。それも五十過ぎの年輩者で、初老期を迎えてなにか趣味を身につけたいと考えている人達だ。

つい先般のことだ。静かな教室で、ふいにTさんが大声をあげた。その隣の席のMさんも驚いている。

二人とも机を並べて一年ほどになる。たまたま小声で話しながら描いていたのだ。すると少女期のことが話題になった。

なんと二人は小学校で同じ教室で、それも隣の席にいたのである。一人が転勤の父について三年程で別れたというが、Tさんも Mさんも面影がないという。嫁《とつ》いで姓も変わっているし、同級生だと気づかなかったという。

歳月が二人を変貌させてしまったのだ。なつかしい記憶だけが、かわらずに残っていた。

あまりの奇遇に期せずして、二人が驚いたのである。

小学生の頃の同級生は一人として思いだせない私である。多くのことを失念している。老いてますます記憶がおぼろになっていく。そのいい例が、昨年の事も、数年前の事も混濁しているときがある。

またまた賀状を書く時期になった。ひとり東京から九十をこえた老女からいつも賀状がくる。その森さんは引揚者で、御主人は北京大学の教授だったという。町の俳句会で彼女と知り合った。上京されて四十年はたっている。もう彼女の姿かたち、面影さえ定かでない。

老女の賀状にはいつもかわらず在りし日の句会をなつかしむ言葉がある。

彼女の胸の中で、歳月は停まっているのだ。現在の老いた私を識らない彼女の胸の中には、黒髪の元気はつらつとした青年の私が、去来しているのであろう。

野宿

今朝は驚いた。六時の早朝歩きで西条駅前にきた時、構内入口の左側に寝袋が三ツ、十五、六歳の女の子が、寝呆け眼で袋から顔を出して話し合っている。気楽な野宿だ。目の前には一泊四千円のビジネスホテルがある。数日前は男の子がひとりで、同じ処で寝ていたが、女の子には恐れ入った。

みどりの日で三連休に遠出してきた少女たちに違いない。食事つきの安いホテルがあるのに、野天で寝るとは、大胆不敵と言うほかに言いようがない。

此頃の高校生は体格が良い。私服に着替えて化粧をすると、全く変身してしまう。親の知らない処で危険が一杯の地帯を底上げ靴で闊歩している。

駅前野宿なんて、親たちは考えてもいないだろう。右手のややはなれた処には、駅前交番があり、終夜灯のつく場所とはいえ、ちょっと考えられない無分別な行動だ。

彼女たちは彼女たちなりの試算があってのことかもしれない。当初から野宿の準備をしているからだ。親たちも気づいていたのだろうが、止められなかったのかもしれない。駅前交番の巡査も容認していたのだろう。彼女等の思いでづくりかもしれないが、とにかく私には危かしくて仕様がない。

三人は話をやめると、声高にそれぞれの携帯を耳に押しあてて、長々としゃべり始め、嬌声をあげて笑いころげている。

今でこそ美しい駅になって、南国風に高々と椰子の並樹を聳えさせているが、私は木造りの駅舎を識っている。日通の倉庫などが左手にあった。

煤煙によごれた、如何にも媒けた小駅舎であった。待合室に暗い灯があり、木のベンチには、夜が更けるとホームレスの人たちが臥せていたものだ。

当時は娘の子が少し遅くなると、親が軒下を出たり這入ったりして待ちかねた。いくら仲間とはいえ、三人の小娘たちの野宿には度胆を抜かれたのである。そのうちに一人の野宿娘を見るかもしれない。男女同権の世である。男の子がすることは女の子がしても、おかしくないのかもしれないが。

鳴蛙

ＮＨＫの朝のドラマで先々回、蝋燭屋の爺さん役を好演した奥村公延さんから小包が届いた。

箱に鳴蛙とある。中には、大人の拳《こぶし》ほどの木製の蛙が腰をおとして坐っていた。背中に山型のとげとげが尻の方まで、まっすぐに並んでいる。人指しゆびほどの丸棒があり、その棒を背中のとげとげに轉がすように撫でると、コロコロコロと蛙の鳴き声がする。面白い。

棒の動きの緩急強弱で鳴く声の音質が違う。

なかなかの珍品玩具である。飄々とした公延さんならではの、愉しい贈りものだった。

テレビドラマに芝居にと、すごく忙しい人なのに、私を念頭に、珍品を送って頂いた。その気持が有難かった。

昼過ぎ孫娘が来たので、鳴蛙の声を早速に聞かせてやった。嫁も覗いた。

「あれ!? 私はこれ見たことある。ねェ母さん、これと一緒のあったわね」

「ええ、福岡のアジア美術館にあったのとそっくり。売店にあったワ…」

と嫁が言った。福岡で公演の途中、手に入れたに違いない。

ずんぐりむっくりで、日本の蛙とはなんとなく、違うなとは思っていたが、その素朴な味が、親近性をそそるのである。

手近の書棚の上に置き、ときに思いだしたように鳴蛙を愛撫する。一瞬気持ちがフッとやわらぐ。

ひとへの贈りものにはこうした、心かよわせるものがいいな、と公延さんに教えられたような気がした。

百足《むかで》

百足に咬まれた。随分以前、単車で走行中、襟からとびこんできた蜂に刺されて、ひどいめにあったが、今回の百足の痛さは、これまた形容に絶する痛苦であった。

突き刺す痛みが膨れてくるのだ。

犬小舎の犬があまりに吠えるので、小舎の囲いの中に足を入れた。その爪先に体長十糎をこえる大百足がいた。慌ててその頭を踏み潰したところ、尻尾を曲げて、親指の先を、チカチカと二度刺された。凶器は頭でなく尻尾の先端にあったのだ。

半月型の鎌先で溌ねるのだ。素早い一瞬のことだった。

運の悪いことに日曜日で、当番医をさがした。市もはずれになる外科医で、最近の開業医だった。

待合室で誰もいないのに小一時間近く待たされた。痛みは堪えがたくなってくる。窓口の受付に聞くと先生には病状を伝えてあると言う。

やがて若い医師が来た。注射もせずに処方箋だけをくれた。小肥りした先輩の婦長が、

「よく冷やしてください」

と、言ってくれた。

帰宅すると冷却用袋に氷を詰めて痺れる程に冷やした。それが功を奏したのか、徐々に痛みが薄れていった。

平安無事で居るのだが、一寸先は闇の提灯という諺がある。何がおこるかわからないのである。用心、用心。

辞世句

私は読売新聞を購読している。今年一月八日、例のごとく一面記事の下段の「編集手帳」に目をとおした。このコラム記事は、論説委員の才覚を問われる囲み記事である。新聞のもつ事件性報道とは別の、記者のなまの声がきかれるので、愉しいスペースである。ここで思わず私は息をのんだ。私の俳句が一句出ていたのである。

先年の夏頃、やはり読売新聞で、辞世の句を公募していた。それに応募していたのを失念していたのである。

この記事の出る三日前に、入選の御礼として二冊、辞世句集が送られてきたのでおぼえていた。

これよりはながき昼寝を許されよ

右の句が掲載されていた。応募句数三六二三句、四三四句が予選通過、ここから三〇〇句を選定したというから厳選である。

選者は難解句の代表である、坪内稔典、監修が金子兜太である。幸運はここで終わらずに、コラム記事にまで取りあげられたのは希有な出来事であった。但し（愛媛県七十五才）と匿名であった。

併し短い記事の中で短評まで出ていた。

穏やかなまなざしで、旅路の果を眺めている人がいると評してくれていた。とにかく思いがけない記事であった。

以前にもこれに類したことがあった。それは地方紙であった。その新聞の編集手帳にあたる欄に、やはり私の句がとりあげられていたのだ。

たんぽぽの綿毛のごとく逝きたしや

この句を評して論説委員が、如何にも平井さんらしい作品と言ってくれた。どこが私らしいのか私には不明だが、本に掲載された上に、新聞という公器にまで紹介され、まことにもって厚遇された句ではある。

たんぽぽの句は、たしか「どんな死がのぞましいか」という題の公募であったと記憶している。

両方とも年頭のエッセイにしては、ふさわしくないようであるが、考えようによっては、もっともふさわしいともいえる。

高齢者になると、新年を迎えるのが気重いものである。

笑い魔

先日のこと珍らしく列車に乗った。昼過ぎの車内は閑散としていた。

私の前に大きなマスクをかけた中年の男が坐った。オヤ？　と思ったのは、目の下半分をかくす広巾特大のマスクだった。

黒ぶち眼鏡が際立っている。

発車しはじめると、

「イッヒッヒッ…イッヒッヒッ！」

陰にこもった気味悪い声で笑いだした。眼がうるんで赤く、狂気じみた異様な光り方をして、熱っぽく私を見つめる。

見とがめるように私はみつめ返した。私の視線をはじきかえすように、前より大きく。

「ヒーッ！　イヒーッ！　イヒーッ！　フッフッ」

と、なにを思いだしたのか、こみあげてくる衝動に、つきあげられる態で笑うのだ。笑い魔だ。

そうした笑いをしながら胸ポケットの携帯電話をとりだした。だが思い直したのか、またしまいこんだ。

世には種々の奇病がある。随分と前の事だが、松山市内のバス停で、私の前で並んでいた乗車待ちの娘さんが、不意に跳び上って踊り始めたのだ。

舞踏病だったのかもしれない。その手の先が私の顎を掠め、私はのけぞって何度も難を避けた記憶がある。バスがくる迄彼女の踊りは続いていた。

黒ぶち眼鏡のマスクの笑いは私がＮ駅で下車する迄、ひっきりなしにつづいた。

今日、絵の教室へ行って、彼の笑いの原因が判明した。生徒は年輩の主婦が多い。その中で一番若いひとりが大きなマスクをしてきていた。ときに呻吟する咳を洩らした。彼女の目が赤く充血してとろんとうるんでいる。

その声が聞きようによっては不気味な笑い声にきこえるのだ。

「花粉症で毎年、今頃かならずかかるンです」

「へぇーッ……花粉症って、そんなにひどいの!?」

「エエ、この目をえぐりだして洗ってみたい程で、咳もこらえていると、むせかえるンです」

「ハハァそれで判った」

私は黒ぶち眼鏡の男の話をした。

「同病相いあわれむといいますが、その方《かた》泣きたいぐらいに辛かったでしょうネ。本当に大変です」

何事もその身になってみないと判らないものだ。

五左ヱ門さん

既刊『馬になった話』は、本欄に発表した随想を、まとめた作品集である。その中に立て膝地蔵のことを書いた。それを読んだ母親が受験祈願をしたところ、補欠合格で有名校に入学した。その礼状が届いたが、今回は三島市（伊予）のトゲぬき大師の話である。

七十近い女性である。やはりトゲがのどに突刺さり、難渋したという。痛さのさなかに、この本の、トゲぬきの話を思いだして、半信半疑、愛媛製糸の裏側、墓地続きにある、村松大師堂をたずねていった。昔からトゲぬきの五左ヱ門さんの通称で有名だった。

自分の年と性別を言い『おねがい申します五左ヱ門さん』と言う。帰りの車の中ではや、その霊験があらわれた。牛乳もうけつけなかったのに、らくに喉を越したかと思ったら、なんとコクッと音がして、トゲが溶けたように消えたと言う。

大師堂にはびっしりと成就御礼の絵馬札が、かさね掛けしてあったが、自分も書いて、おまつりせねばと思ってますと、話してくれた。

私の場合は五左ヱ門さんにすがることなく医師に診て貰ったのだが、彼女の話に、信憑性を一層強くした。一種の奇跡体験なのである。

性別と年だけで、すぐに願いを聞きとどけてくれるなんて、現代医療の最前線の医師たちは、どんな解説をしてくれるのだろうか。

土俗信仰と、一概に一蹴できない叡智が、不問のまま連綿とつづいているのだ。実に簡単な仕組みで的確に、現証を得ている。

私はテレビのアンビリーバボーの時間が好きである。此の世には解明できない、信じ難いことがまだたくさんあるにちがいない。

ボトル

夕食後、雨のふらないかぎりは近辺を散歩するのを日課にしている。最近は膝関節が重苦しいので、十分程で帰宅する。

いつもの道筋である川土手に行くと、道のまん中に黄色いプラスチック製のボトルが、横になって落ちていた。車の中からポイ捨てをしたにちがいない。

道のはしに蹴とばしておこうと考えた。そこで、サッカー選手のように少し腰をひいて、思いきり、突っかけを履いた右足の爪先ではねあげた。

捨ててあるのだから、当然内容はからっぽと思った。それが大きな誤算だった。蹴りあげた、そのとたんグギッと爪先が鳴った。痛烈な疼きが脳天まで、つらぬいて走った。

黄色のボトルは平然と、わずかに身じろぎして、口栓の向きを少し変えただけだ。

痛みをこらえて、平然としているボトルを、両手でもちあげた。そして足をひきずって片側の草むらに置いた。ずっしりと内容物は重い。個体に近い重さだ。こんなに重量があるとわかっていれば、足蹴りなんて無謀なマネはしなかっただろう。落ちているものはみんなカラだという先入観が悔やまれた。

さいわいに人影が無い。ボトルを蹴って、こうして足先かかえ、撫でさすっているところを見られたら、いい恥さらしだ。

痛い足をひきずって歩いた。きっと指のつけねを挫《くじ》いているのちがいない。だんだん腫れてきているようだ。

此の世は怖い。一寸先は本当に何がおこるかわからない。特に私の場合はひとよりも多い気がする。受難請負人みたいだ。

こうした誤算にはつきものの、早のみこみと、独断と偏見があるのだ。

殊勝に反省しながら足をひきずり、帰宅を急いだ。当分もう散歩はおやすみだ。あの草むらへはこんだボトルを見るのも嫌だ。

「かまぼこ板の絵」展

正確には愛媛県東宇和郡城川町大字下相は、今年から町村合併で西予市に改名、「ギャラリーしろかわ」も、町立から市立になった。

ギャラリーしろかわ企画の「かまぼこ板の絵」展は今年で十回を迎えた。第一回から応募を続け九回目だけ、早くから応募作品を制作していたのに締め切りを過ぎてから気付いたので、応募をやめた。

今年は郵政公社四国支社の賞を頂いた。十回目で通算九回受賞した。全国公募で海外からも最近は応募してくる。ザンビアやタンザニアの子供たちが多い。

レギュラーみたいな連続受賞者は互いに意識しあう。私は保内町にお住まいの方で、百歳の曽我八千代おばあちゃんがライバルである。

表彰式で会場にみえた曽我さんは、職員に「平井さんの絵はどこにありますか?」と、一番に聞かれると言う。

応募の板の数二七、一八三枚全部を飾っている。その応募者は、二〇、八二七人である。一クラス全員応募という学校もある。四、五歳の幼児から曽我さんみたいに百歳の、上限知らずである。

かまぼこ板の枚数も一枚から百枚まで接着するのもかまわない。でもやはり、一枚物が多い。

今年の曽我さんの作品は『あーア』という自画像が大欠伸をしている。長生きしすぎましたという達観した想いを、簡潔に表現して度肝を抜かれた。

今年ははじめて欠席された、審査委員長の富永一郎氏のメッセージを、やはり審査員である車だん吉氏が代読された。

「私の目標は曽我さんである。曽我さんのようになりたい」と結んでいた。

全く同感である。

最近来日して眼を手術したイランの子を診療した先生に、眼を見て貰うため、やむなく欠席されたという。

表彰式は一時間ほどかかる。私のすぐうしろの中学生が、とき折りひとりごとを言う。

注意しようと思ったが、思いとどまった。思いとどまってよかった。他県の養護学級の生徒代表で、式に列席した知的障害児だった。

私は大きなポストを賞品として授かった。貯金箱である。ちなみに私の作品は「団参女人講」である。団体参詣のお遍路さんを墨絵で、一枚札に描いた。

受賞の間に、一番前の席に杖をついて坐っていた曽我さんに手を伸ばして握手をした。握り返したそのちからが、とても百寿とは思えない力強いものであった。

オレオレ詐欺

句会常連のNさん宅に昨日電話があったという。

「バァちゃん……オレオレ……」

「オレ!?」

「オレやがなァ、バァちゃん忘れたンか、オレや」

「オレや言うても?」

「バァちゃんボケたんか……オレ言うたらオレやがな……」

そこでNさんはハッと思いあたったのだ。

目下、流行のオレオレ詐欺にちがいない。

甘えた馴れ馴れしさで
「バァちゃんオレいま困ったことになってンや、そこでバァちゃんにな」

「うちの子でオレって子は居ないヨ……みんなボクって言うヨ」

Nさんは訂正してやった。するとすぐに、

「うんボクだよバァちゃん。ボクいま本当に困ってンだ。というのはネ」

「うちの子でバァちゃんって子は居ないヨ……みんなオバアさんってよんでるよ」

Nさんはまた訂正してやった。

「うん、オバアさんボク今なバイクでな、事故ってな……」

「あんた名前言いなさいヨ。オレオレボクボク言うたかて、わからへんヨ」

Nさんがはげしく詰問すると、ジャンと電話は切れたという。

Nさんがボケではない、シッカリ婆さんだとわかったのだ。

全国的に此の手の犯罪が拡がっているらしい。被害額が新聞にも出ていたが、この町にも手を拡げ、彼等は狙ってきているのだ。震災に便乗をしてのオレオレもあるという。

悪質にもほどがある。

もっと手の混んだオレオレもあるという。それぞれの役割りで、巧みに騙すのだ。世事に疎い老人は、ころりと引掛かる。

句友のNさんのように相手を逆に翻弄する老女は、まず稀である。

ジャンと電話を一方的に切られたNさんは、

「なんともやりきれない後味の悪い思いをした」

と語った。

荒廃した世相の一端にオレオレは消えもせず、ますます身近にはびこりだしてきている。

子だぬききざ

今年の元日の愛媛新聞にはがき大二枚と、三糎角大の挿絵を描いた。『ふるさとの民話』という欄で、二頁にわたって話は続く。彩色刷りだ。

作家の古田足日さんは、批評家としてもきこえた児童文学者である。その古田さんからの希望で挿絵をねがいますと、編集部から、昨年末に電話があった。

もう十数年も前になるが、「夕刊愛媛」の連載小説の挿絵を描いたことがある。「花眼」という題名で、作家は高橋丈雄。これも作家の方の指示であった。高橋さんは私の個展会場で知遇を得た作家である。

古田さんとは、数年前に来松した折、松山のとある食堂で、地元の童話グループと一緒に歓談した。その折に、「挿絵を下さい。……ふるさとの喜左エ門狸を書くつもりです」と、盃を酌みながら話をされた。

古田さんの青年期を過ごされた家の前の長福寺に、喜左エ門狸が棲みついた大木があった。広い境内で、そこの和尚と、狸が『きざ』とよばれた子狸の頃の交流が、元日の童話であった。題名は『きざ』で悪戯子狸が連想された。

数年前の約束が実を結んだのである。

古田さんの年賀状は礼状であった。

「愛媛新聞の子だぬききぎざ有難うございました。南明和尚の絵、とてもいいので長福寺さんにも一部送るつもりです。」

作家に気に入ってもらえるぐらい、挿絵する者にとって、嬉しい事はない。良い年に今年はなりそうだ。

すでに亡くなられた高橋丈雄さんにしろ、良い作家に知遇を得て、ラッキーと言わねばなるまい。

卒業証書

小学校を卒業した孫娘が、卒業証書をみせにきた。

「ヘエッ！　おどろいたなァ横書きかい……」

卒業証書が横書きになるなんて思いもしなかった。別に卒業証書は縦書きでなければいけないという法はないが、私には納得できなかった。孫娘を前においてイチャモンはつけにくい。当人はよろこんでいるのだから、なんのさしさわりはない。

古い頭のジイちゃんだけが心外なのだ。

横書きに決定する前にＰＴＡにひと声でも相談があったのだろうか？　もしあったとして、古い頭のジイさん連の反撥があっても、歯牙にもかけなかったように想う。

やはり私は、卒業証書は金輪際縦書きであるべきを、くどくどと固執する。

パーマ屋さんの美容師免許、理髪師免許、これに準ずるものなどは横書き大いに結構。

現代の文法で、新仮名づかい旧仮名づかいを、いまだにのみこんでいない私である。あまり大きな顔で文句は言えないが、この横書きは何故か心情的に許せない。

縦感覚と横感覚に時代差が歴然としている。

横書きのハガキは若い人で、高齢の人で横書きでくる人は皆無である。

詩集・童話・創作小説に横書きが出始めている。これも時代相で許せる。だが卒業証書だけは、狭量な私は許せない。

六年間の研鑽を詰めたたえているのである。軽軽しくスラスラシュッシュと、軽快に流してほしくないのである。

ひとりやんぬるかなのジイさんの顔を、孫娘はキョトンとして眺めていた。

卒業証書まるめて遠きもの覗く　　辰夫

寝違《ねたが》え

三日前に首を寝違えた。枕から首がずり落ちて、横向きのまま目覚めた。頸部周辺が固まってまわらない。

行きつけの鍼灸接骨院の院長さんは明快に言う。「これはなるべくしてなったのです。その要因に読書の姿勢が悪かったでしょう。長時間、気づかぬまま同姿勢でいると、確実に筋肉は硬化します。」

丁寧に長時間頸部を揉まれ、電気鍼を打たれたが、即効性はなく、首は依然として廻らない。

「これは自分のうち側から治すちからと、今の治療を併せて、当分続けることです」と言われた。

首が廻らないということが、こんなに不快で不便であるとは思ってもみなかったが、ギックリ腰にくらべると、まだましの方だといえるだろう。
かれこれ十数年前のこと、朝、目ざめたらギックリ腰だった。ちょっと身動きしても、爪先から脳天へ疼痛が貫通した。

この激痛には医者も手の施しようがない状態で、日ぐすりで徐々に回復していった。
此のたびの寝違え頸も、日ぐすりを待たねばと考えた。

「とにかく老齢になって無理は一切しない事です。それに貴男は体格のいい割に、無力症みたいに力がないですネ。急に重い物をもつと無理が出ます」

朝夕二回、犬に引張られて川原を歩く。小型犬だが、不意に猛ダッシュする。ために右腕の肘が腱鞘炎になったりした。

暁け方四時過ぎから吠えて散歩をせがみだす。

主人の首が廻らなくても、きき訳がない。湿布を巻いた姿で引張られていくのは、苦痛である。頸がグラグラすると、頭に血流が駈けのぼる。ジンジンと耳鳴りがしだす。

夕方もまた同様である。

今日で三日目、此の原稿が書けるほど楽になってきたが。でもまだ正面を向いたままだ。向きをかえるには肩と一緒に動く。首はロボットみたいに据えたままである。

明治女

今年も第十一回目の『かまぼこ板の絵』コンクールの授賞式がきた。

毎年七月末日の日曜日である。盛夏、此の式に出席すると、一年の半分が過ぎた実感を覚える。

先年は郵政公社四国支社部長賞だったが、今年は支社長賞で一ランクアップした。ライバルである百一歳の曽我八千代さんは、ＮＨＫ松山放送局長賞であった。

彼女は珍しく今回は欠席で、代理にお嫁さんが見えられて私に言った。

「平井さんの作品をしっかり見てきてと、大役を受けて参りました」

係員のＡさんが、曽我さんから欠席通知がきて、それには「年をおぼえましたので」とあったと言う。百一歳で、ようやく老いに気がつかれたのである。係員一同笑った筈だ。

式後、保内町※の曽我さん宅を表敬訪問した。大相撲最終戦を観戦中であった。野球も又、相撲に負けず大好きという。

ＮＨＫの『百歳万歳』に収録されたビデオをみせて頂いた。

ちなみに今年の作品は『明治に生まれて』であった。タライで湯を使っている出誕を皮切りに、入学・卒業・結婚・出産、やがて孫を手にした現在。女の一代絵巻を、一箇ずつに描きつらねている。

審査委員長の富永一郎氏は、昨年に引続いて眼病療養中で、係員がメッセージを朗読した。その中に、

「元気な曽我さんにあやかって、早く治りたい」と述べられていた。その旨を伝えると、うれしそうに羞《は》にかんでみせた。

いとまを告げる頃、俳誌『圭』主宰の天狼同人であった津田清子氏選、

呉るるなり　薔薇をほしとも言はざるに

を見せて貰った。ほしいともいわないのに、むこうから賞がくるのである。天衣無縫の句である。「来年は車だん吉先生を描いてみたいの……」と茶目気溢れた目で微笑された。

来年がまた愉しみだ。

第十一回全国「かまぼこ板の絵」展覧会
応募作品　一一〇九三点
応募者数　二一三一九人
板の枚数　二五八四八枚
入選者名および受賞作品の一部は「ギャラリーしろかわ」のホームページでご覧になることができます。
http://cpmserv.cpm.ehime-u.ac.jp/sirokawa/

※保内町は現在、合併により八幡浜市となっております。

おジイちゃん

いつも行きつけの、昔なじみである理髪店は居心地がよい。ついうとうと居ねむりしては起こされる。初老の女主人ひとりで、腰掛けの黒革が艶を失ったまま、一脚ある。鏡面も一面で洗髪用の湯が、シュンシュンとストーブの上で沸いている。

こじんまりとした店で、少し時代からとり残されている雰囲気がいい。慌てず騒がず、じっくりと時かけて髭を剃《あた》ってくれる。ヒリヒリするほど痛い。若い時からの、癇性な女主人の気質は変っていない。

常連は皆、年金暮しの白髪頭ばかりで、間違っても青年は這入ってこない。

それが昨日、店へ行くと、珍しく臨時休業の札が掛かっていた。旅行を控えていたので、他店をさがした。先客がいて混んではいたが、美容院かと見ちがえそうな店に這入った。お釜をかぶった若者もいる。電飾の華美な、眩しい店内だった。

大きな鏡面が三方にある。職人も数人いる。軽快な鋏の音で頭髪がカットされると、別の職人が髭剃りにきた。次々と流れ作業になっている。

鼻の下を剃り始めた時に、それが私の癖で、つい舌先で、内側から皮膚を盛りあげた。

「オジイちゃん、困るがな、唇動かしたあかんで」

剃りやすいようにと思って、協力的にやったのだ。困らすつもりはさらさらない。あの女主人は今迄、唇をふくらませても、何一つ言わなかった。それよりもジイちゃんとは何事だ。蔑称ではないか。言外に此の耄碌《もうろく》がという思いが感じられた。

思い返して鏡面をつくずくと眺めた。前額が薄く禿げ上り、白髪で頬がたるみ皺深い。全くもって、オジイちゃんである。

孫に言われると何の抵抗もないが、五十は過ぎていると思われる職人に言われたのが、身にこたえたのだ。確に来年は喜寿を迎えるジイちゃんだ。爺さんも爺さん、大爺さんなのだ。若さへの自負があったから肚《はら》がたったのだ。思いなおして外へ出た。冷たい時雨が降っていた。あの女主人だったら、店からとびだしてくる。貸用の傘を開いて、差しだしてくれるのだ。灰色の暗欝な空を見上げて歩きだした。ジイちゃんになるほど古巣が恋しくなるのだろう。

アロエ

アロエの、あのとげとげしい葉が万病に効くと、私は信じきっている。

それというのも、二十年も以前の話になるが、当時、早朝、近辺の山頂へ登っていた。一九五メートルの低い山だが、途中に急坂がある。そこで、転倒した。巷間で言う処の石ぐるまに足もとをすくわれたのだ。ゴロゴロ石塊の地面へ、前のめりに顔から突っ込んでいった。顔中血だらけで、手拭いで押さえて帰宅した。

早朝から医院へ行くのもどうかと考えて、庭に繁るにまかせていたアロエの葉を当てた。ひんやりとして腫れも止まり、いちじるしい効顯（効験）をみせてくれた。

みるも無惨な顔容が、一週間ほどで、外出も出来るほどに復顔したのである。ぶしょう者の私がけんめいに、たえずアロエの葉をとりかえ、顔中、目鼻をのこして、仮面のようにびっしりと貼りつめた。

アロエは熱の吸収力が強く、粘液状の葉がカラカラに乾く。傷跡をとどめずに完治した。以来、私はアロエを畏敬している。

最近、知人にこのアロエの効顯を話したら、すでに彼の方が愛用していると言って、プレゼントされた。

「この瓶の中には、アロエとグリセリンで調合した化粧水が入っているヨ。ヒゲ剃りあとには、是非どうぞ……」

彼はまた腹具合が悪いと、アロエをナマのまま喰べるという。

あのするどい棘の大きくうねって垂れたところは、一見して鮫の歯を連想したりするが、繁る葉群れの中から、太い茎が立上る。陽春のいま頃、朱色の筒型花弁が、一茎にびっしり咲いている。

変ったその型状は南方系と思われる。こんな美しい花をつけるとは考えもしなかった。情熱的な力強さを結集している。四方へ放射するように伸びている。

私は絵の具の一番好きな色はヴァーミリオン、朱色である。アロエの花の色はまさしくヴァーミリオンであった。

アロエは私に花まで色目を使っているのである。

終戦日

八月十五日の終戦日がまためぐってくる。

旧制中学校の三年生であった私は、勤労動員学徒であった。

動員先の名古屋市港区舟方町の愛知発動機工場のグランドに整列をして、正午、先代天皇の玉音放送を拝聴した。現人神と崇めたてまつる御方の声は、重苦しく陰々と暗鬱であった。まるで黒い地底から湧いてくるようで、咄々と口籠るので、内容がききとりがたい。

周囲の年輩者が涙して嗚咽しだした。

重大放送があると言われてきたが、まことだった。連綿として続いてきた神国日本が敗けるなんて、夢想だにしない現実とむき合ったのである。

此のときだ。私は後頭部を強く叩かれて、思わず頭を抱えこんだ。雹だ！

大きな玉の霰がパシパシと音たてて降ってきた。

冬ならともかく、真夏のさなかに烈しく降りそそいできた。異常事態に異常気象が発生したのだ。

護国の鬼となった忠勇無双の魂魄が、慟哭した叫びであったかも……

「よくぞ今日まで生きのびてきたものだ……」

大粒の雹に打たれながらの感慨であった。

連日連夜、昼はグラマン機の機銃掃射にさらされ、夜は夜でB29の焼夷弾攻撃の、弾幕を縫って逃げ惑ったのである。

この玉音放送があった夜から、ピタッと攻撃は止んだ。灯火管制の黒布をとり、煌々とした灯の下でひっくり返っていると、平和の有難さがしみじみと身に沁みた。高イビキでやすむことができるのだ。

目下、隣国北朝鮮はテポドンの砲口を、こちらへ向けているという。もう二度と戦争はしたくない。

私と同じ年輩者は、落下してくる焼夷弾のぶきみな轟音、身を削いでいく爆風。阿鼻叫喚の声が記憶に焼きついている。

戦争体験を風化させてはならない。ヒロシマの被爆者の語り部たちがいるように、語り伝えてゆくのは私たち体験者たちの責務のように思われる。
終戦日のくるたび、あの玉音と雹を思い出し、思いあたらしくするのである。

神音

第六回島木赤彦童謡コンクール表彰式に招待を受けて出席。長旅であった。西条駅を八時十七分に出て、五時過ぎに長野の下諏訪駅に着いた。九時間も乗っていると、筋肉が膠着して、硬張ってしまう。名古屋から中央線になり、木曽に入ると紅葉山が続く。

ホテルを予約していないので、駅長に訊くと電話をしてくれた。

「山王閣に、一部屋あるが如何です」と言う。そこに着くと、とっぷりと日暮れていた。

翌日、表彰式は一時から始まるので、それまでの時間、観光タクシーを依頼し、湖の周辺を廻った。

ひととおりの名所旧跡を廻ってくれたが、まだ正午前であった。

「御柱落しの処へでも行きますか」

私はうなづいた。着いた処は太い丸太が見本で、その先が崖に突き出していた。

「七年に一回ですが、ここから神木が滑り落ちるのです。人間が乗ったまま落ちて行くのです。近郷近在、最近は遠い処からも、テレビに放映されて、有名になってしまって、凄い見物客ですョ」

背後のこんもりした森を指さして言う。

「あの森から切りだして此の崖まで曳きずってくるんです」

急坂を一気に落ちていく、その神木に何人かの命知らずたちが、必死にしがみついていたのをＴＶで観たのを思いだした。

「私の息子は、あの前山に前日からテントを張っているんです」

カメラを構えて、真正面から撮るのだという。

この御柱祭は平安の頃から始まって、連綿と続いているという。昔からモミの大木を奥山から引出してきて、諏訪神社の四隅に建てるという。

柱の落ちていく崖下を覗いていると、時雨がきた。そのまま受賞式会場である、町立諏訪湖博物館・赤彦記念館へ廻ってもらった。

会は主催の町長挨拶に始まり一時間ほどで終了した。

大賞受賞者がふいに来会できないと言う。急遽、次席の私に、受賞者代表挨拶をしてほしいという。

「私は島木赤彦先生の名を冠した賞を頂いた事が、大変うれしい」と述べた。

そのせいか、主催者より赤彦生家へ特別に車をだしてくれて、その山房を観る事ができた。

今回の旅で最も記憶に残ったのは、諏訪明神ご夫妻が再会するので、湖が凍結する、その帯状の裂け目がせりあがる、御神渡り現象だった。その結氷時の神秘的な音響を録音しているのである。

私は、そのボタンを何度も押して聞いた。風音とも違う、氷の軋めきは遠いはるかな先祖たちの、祈りの声にきこえるのだった。大きな白鳥の来ている湖は美しかった。それ以上に、今も深く残像をとどめているのは、せりあがっている氷の道とその不思議な神音である。

賞づくし

今年はアタリ年だった。

温泉で有名な越後・湯沢町主催の第十一回全国童画展の入選が四月だった。六月に第十二回かまぼこ板絵コンクールの発表があった。かまぼこ板絵コンクールはこの処ひどく有名になって、外国からの応募もふえる一方で、盛会をきわめている。毎年賞を貰っていて有難いと思っている。今年はＮＨＫ松山支局長賞であった。例年、授賞式は七月の暑い最中で、出席していたが、今年は運転手の都合で行けなかった。

十月に広島の安芸郡熊野町・筆の里工房主催の「ちょっと大きな絵てがみ第十回」に佳作賞となった。

同月、第六十回「芭蕉翁献詠俳句」に左記句入選。

うごくとも見えずにうごくうろこ雲

同月、岐阜県養老町主催「家族・愛の詩」に佳作賞。
同月、第六回島木赤彦童謡コンクール優秀賞、主催の下諏訪町に招待されて出席。
他に読売新聞の全国版読者俳壇に、九月から投句。左句入選。

炎天の道路鏡にも日がひとつ

十月入選句。
耳遠くなりしおもふ夜の秋

十一月入選句。
検問のひと見えかくれする花野

今のところ順当に入選しているが、この投句欄は、難関であると聞いている。毎月採用されているのは、奇特というべきだ。

このように今年は全く賞づいていた。ツキに見はなされたら、いくらあがいても採用されない気がする。一種の賭けである。アイデアのひらめきが勝負と思う。

昨今は、各種の公募がひろく門戸をあけている。一種のゲーム感覚で気軽に応募を愉しんでいる。

ボケ防止にもなるようだ。落ちたら落ちたでケセラセラ、とにかく今年は、めでたいと言える戦績であった。

傘寿

今年は数えで八十歳、傘寿である。長生きをよろこぶべきか、余生のちぢまりを悲しむべきか、嘆いたところで致しかたない。

気がかりなのは、少し認知症気味の徴候が出はじめた事だ。久しぶりに出会った人の名前が浮かんでこない。別れてのちに思い出したりする。

つい先日、隣の市の画廊「森の泉」で個展をした。案内状に記しはしないが、傘寿記念展のつもりであった。多数の方に来て頂いて無事終了した。

三日過ぎて大安であった。買い上げ頂いたTさん宅へ「吹雪の石槌山」を持参した。Tさんも長年画を描かれている。目下、孔雀を主題にしていると言い、西ノ宮で撮った数葉の写真を見せてもらった。

ふと気づいたときは正午を随分廻っていた。あわてて立つと、防寒用コートを渡された。

コートを手にすると、机に置かれていた「吹雪の石鎚山」を小脇にかかえこんで玄関口へ向かった。

「あの、それは此方へ」

と言われて気がついた。

すでに買い上げられている品物なのだ。わざわざもってきたのに、また持って帰ろうとしていたのである。驚く筈だ。

「ヤッ!? すみません。ボケがはじまって……」

Tさんは唖然とした。

私もショックであった。こうしたかたちで、日常にエアポケットが繁くなっていくのだろう。傘寿傘寿と、よろこべない、にがい笑い話をつぎつぎ演じていくのだろうか。

防護ネット

裏庭に時折り中学生たちの声がする。

またテニスボールがとびこんできたのだ。
七、八メートルはある防護ネットを張っているが、その上を越してとびこんでくる。
ネットの低かった頃は、たえず中学生がうろついていた。いけ垣の間や排水溝などを覗き見する。

ときにはガラス戸にあたり、大きな音がして驚かされる。

被害は私だけではなく隣近所、軒並みだった。

学校側へも注意をうながしたが、何の改善もない。高いコンクリート塀をこえてくる生徒たちも、また必死になってよじ登ってくる。

庭に出て気がついたら、投げてやる事にしているが、いつもその事を待ち受ける訳にいかない。

テニスの球は因果なもので、好んで私の庭によくはいってくる。

「投げてやるから、危ない塀をのぼってくるな」と注意するが、彼等は高いコンクリート塀の上で半ベソをかいている。

私が家にはいるとジワジワと下りて、庭にくる。

問いつめるとその理由が納得できた。塀のむこうで先輩たちが、けしかけているのだ。

私の叱責を前にして、帰るにかえれず、まさしく門前の虎、後門の狼の板ばさみになっているのだ。

先輩たちも、かつてこうした修業に耐えてきたにちがいない。
七、八メートルの高い防護ネットは、渡辺市議に尽力して貰い、市教委を通して完成した。
にもかかわらず、やはり、時折り、頻度はズッと減少したものの、やはり侵入してくる。

投げ返すには高すぎて、コンクリート塀から、ネットの隙間へ落とすようにしている。

タマひろいの最下級生たちにとって、防護ネットは、私以上に、よろこぶべき保護保身の新兵器であったのだ。

軍隊に似たシステムが、ひとつ崩れたのである。

コンクール

江戸時代に刊行された長者伝説の発祥地三重郷（大分県三重町）『内山記』蔵本の町が全国に発信する公募「ことばの町おはなしコンクール」に応募していた処、第三次予選に七名がのこり、最終審査に、町民を前に口演を行うという。

一、二一八四編の応募作があったという。七名の中に選ばれた私は、口演なんて初体験であった。

私は今迄、山の古老たちをたずねて昔話の採集をし、その再話で、掌にのる程度の豆本を、石鎚霊山の標高年にちなんで、一九八二年から、毎年出している。西条民芸館などに置かせて貰っていた。

訊《き》く書くばかりであったのが、今度は自身で語るのである。考えてみれば昔話は語ることが、その原点であったのだ。

とにかく一度、応募作であった「鬼弥右衛門」を声に出してみた。そして、はじめて語りのむずかしさを痛感した。

山の古老たちは、みなそれぞれに気張らない。訥々《とつとつ》として重厚だった。

まあ恥かきにいって、外の皆さんの話を聞いてこようと、六月二十五日に出かけた。二十六日一時から、中央公民館でリハーサルを行うというのである。伊予港発大分行が三便しかないので、前日に出発した。

船中でハタと困惑した。私が応募したとき、枚数の都合で、家で読んでいた作品を三倍に伸ばしていたのである。それにはじめて気がついた。そのストーリーのコピーをおいていなかった。まあ、なんとかなるだろう。あちらでみせて貰おう。

リハーサルは適当な筋立てでなんとかやりぬけた。私の作品をみせて下さいとは言いだしかねた。

さて当日、会場入口で出演者の作品集をパンフレットにして配付していた。私は一部手にすると驚いた。昨日の語りで終りに主人公を殺していた。本文はピンピンしているのだ。とにかく筋立てを暗記した。

一時より開演、昨夜来の台風が最盛期となり、凄い荒模様だった。

皆、それぞれに衣裳、音響効果、照明を係員と打合わせして、すばらしい舞台であった。私は座布団一枚借りて座った。

そして会場の全灯を消して貰って、私一人スポットの中で語った。その成果は期待していなかった。やがて中性の金持ちらしい華美な衣裳をこらした、仮面劇「真名野長者物語」が始まった。

三時過ぎ審査発表となった。皆さんそれぞれに賞状を受けた。私一人が残された。（やはりダメだ）と思ったとき、

「最優秀賞、鬼弥右衛門」

と呼ばれ、白髪の審査委員長、民話の語り部、法政大学講師の沼田曜一氏が起立して、私に賞状を差出された。

台風は荒れに荒れ、私のために、はるか洋上から、幸運と栄光をはこんできてくれたのである。

帽子ばなし

私は帽子が好きだ。あれこれ購《あがな》うので家内は機嫌が悪い。購《あがな》った当座は少しかぶるが、長続きしない。

帽子をもとめるのは頭のまん中が薄禿になってきたせいもある。

墨彩教室ではベレーでいる。皆に囲まれて手本を描くとき、うつむくと薄禿を見られるからだ。

禿だらけの人の多い長寿学園では、年輩者の彼等に敬意と同病相憐れむところから無帽でやる。

ベレーをかぶりだしたらやめられない。どこへでもかぶっていく。

今は二代目で、先代のは喫茶店で紛失した。

ベレーといっても私のは娘さんが、チョット横かぶりにする態のもので、そんなに御大層なものでない。

本式のベレーも、花のパリで購《あがな》ってきてくれたのがある。とにかく大きい。かぶると横にだらりと垂れ、ひしゃげた部分も大きい張りがある。大画伯がかぶるようで、なにかしら面羞《は》ゆくなる。帽子函の底に鎮座したままだ。いまにカビ臭くなるだろう。

ごく最近、デパートの帽子売場を覗いたら、ジーパンと同生地で、ホッテントット族みたいに、かぶりが底深いのがあった。

ふちにピラピラっと糸先がでている。瞭《あきら》かに若者好みだ。

年甲斐もなく手にとって鏡に映してみた。なんと両耳脇の白髪がスッポリかくれ、目鏡の上でピラピラが垂れ、年令不詳だ。（グウだ！）

その後、数日して京都へ所用で、友人と行った。

さいわい岡山からの新幹線自由席に坐る事ができた。

車中はびっしり立て混んできた。人をわけて通路に杖をついた夫婦がきた。

その婦人が私を見て、

「この腕掛けに凭《もた》れさせてください」

と言った。

「ハイどうぞ坐って……」

私は立つと席を譲った。

礼を言って主人が坐った。新神戸で大勢下車すると、彼等は移っていった。私はまた同席へ坐ることができた。

同伴の友人が言う。

「ぼくの方がズッと若いから、ぼくが譲ろうと思ったのに、あの人よりも平井さんの方がズッと年上なのに……でも羨しいなァ、まわりにこれだけ若い人がおるのに、わざわざ声かけてくるんだから、すごく若く見えたんだ……」

私は冬なのにジーパン姿で薄着の上に、此のピラピラ緑の帽子のせいだと思った。目深くかぶっているので、額の横皺が見えないのだ。

帽子をとって薄禿みせて挨拶したら、彼等ふたりは、びっくりして後へのけぞったに違いない。

チャッピー

随分と前になるが、犬を飼う人の愚を、やや嘲笑的に書いた事がある。

その応報か、今年二歳になる犬を飼わねばならぬ破目になった。

犬種はパグとダックスフントの混血で薄茶毛だ。

「マンションでは規約で飼育が出来ないから……」

と長男がつれてきた。

小型で胴長、長い垂れ耳で細面である。

「名前はチャッピーよ」

長男についてきた孫娘が言う。なかなか愛らしい名前だと思った。その後、ドッグフードの店へ行ったら、チャッピーという商品名があった。孫娘はこれを読んだのだ。

長男は朝夕出勤時かならず犬を見にくる。そのつど必要諸道具を持込んでくる。

通電式の犬用蚊取器、噛めば鳴る玩具の毬《まり》。赤いチョッキなどは、着せて数時間したら、みるかげもないボロ布に噛み裂かれていた。

糞尿用パットなども噛み裂かれて散乱する。

それよりも実によく吠える。近所迷惑もはなはだしい。知人の教示で、床を叩いて、その音で脅びえさせた。尻尾を巻いて鳴きやんだが、それも束の間、また吠える。

ある人の話では近所の受験生の母親から電話があって、きびしい口調で「保健所へつれていってください。お願いします」と言われたという。

チャッピーもまた、そんな電話がくるのではないかと、吠えるたびに戦々恐々の想いにおそわれた。

「親爺《おやじ》が甘いからだ……」

と息子は私を批判する。もっときびしく躾《しつけ》ること自体が本当の愛情だと、長年連添った妻まで私を責める。

躾のために『犬の飼い方』なる本を三冊も購読した。なるほどと思うが、何事にもあまり強要しないのが私のセオリーだ。

だいたい、こんなに吠えるききわけのない犬をつれてきて、飼ってくれというのが、そもそものまちがいだと、開きなおって抗辨《こうべん》してやろうと思ったが、こんな犬をつれてくる息子自体の躾が出来てない自分に気づいてやめた。

ときに躾問題が浮上して、鴻池大臣が、駿ちゃん殺しの子供の親を、

「市中引廻し……云々」

と発言した。いつまでも吠えるバカ犬チャッピーに首輪して町内を歩いていると、何処からかするどい目で見つめられている気がする。疑心暗鬼なのである。

やや吠える回数が以前よりはすくなくなったと思えるのは、それだけ可愛さが湧いてきたのだろうか。

青蚊帳

風渡る蚊帳の青さに目覚めけり　　　菖蒲あや

右の句は、朝、目がさめたら涼しい気持のよい風が、青々とそよいでいたという意である。現代では、すでに蚊帳は死語になっている。どの家庭でも廃棄して、死蔵しているとは思えない。

俳句の歳時記からも遠からず消え去ることだろう。

冷房のまだ無い頃は、夏の風物詩であり、又、生活の必要品であった。古蚊帳のやわらかさもいいが、新調された青蚊帳の清々しい匂いは、また格別であった。子沢山の男兄弟の多い家では、暴れ放題に取組み合って転げ廻り、四隅を吊るす取手の環を引き千切ったりしたものである。

子供の頃、青蚊帳の中から、庭に立てた七夕竹を眺める涼味は、いまもって忘れ難い。吊るした星飾りの紙細工と色とりどりの短冊の揺れにいつまでも見惚れたものである。

蚊帳を憶うと、かならず連想するのは、隣の新居浜市出身の三浦京さんである。西条のとある句会で数度会った事がある。故人となって十年は過ぎただろうか、『兆京』という句集が死後、友人たちの手で発行された。

その句集の中に、最も感銘をうけた凄い句があった。

亡き祖母の蚊帳のうちとも外ともなく　　京

きくところによると両親は不仲であった由、三浦さんは祖母の手で、いとしまれ育ってきた。いわゆる世間で言うところのお婆チャン子である。祖母とは深い愛情で結ばれていたのだろう。

感銘をうけたのは、蚊帳のうちともそとともなくという表現である。あのサラサラとした感触が如実によみがえってくる。

現世と彼の世の幽冥界が混交して、蚊帳のもつところの特性を掴んでいる。祖母への深い思慕がなければ得られない佳品である。亡き人が出てくる蚊帳の秀句として、いつまでも忘れがたく、胸に灼きついているのである。この句の場合の蚊帳は、青蚊帳でない方が、味わい深い。

握手

西条祭の本祭は十月十六日、旧御陣屋跡の高校前は、巡行途中、一番の人出である。心浮き立つ太鼓と鉦に、広い陣屋堀一帯は喧騒を極める。

おびただしい屋台が華やかな彩を競いあう。その中の錦町の屋台に、「千の風になって」の歌で有名な秋川雅史さんが、担き夫として参加していた。

いわゆる世に言うところのイケ面である。だんじり屋台の祭りが好きなのは、テレビの中でも公言していた。

運行中でも、見物人は目ざとく、彼を見つけて声をかける。老いも若きも、女性は嬌声をあげて握手を求める。

高校前で全屋台が休憩したときは、沢山のファンが寄ってきたので、彼を「幕の中へ引張りこめや」と担き夫の若衆が声かけた。たまたま、その幕の中に長男が這入っていた。

「秋川さんのかわりにぼくが手を出して握手してやったョ」

だんじり屋台の中の、担き夫と太鼓叩き鉦叩きを、ぐるりと引き幕がかくしている。中に這入っておれば誰が誰やらわからないのである。

随分たくさんの女性の手を、にぎりかえすことのできたのは、息子にとって、秋川さんの余徳であった。

今年のレコード大賞に宇多田ひかる氏共々、秋川雅史氏もノミネートされているとテレビが報じていた。祭の夜のことであった。

ちなみに長男は常心上組の担き夫であった。錦町の屋台に友人が居たのであろう。千の風のあの唄声で、屋台の歌の伊勢音頭を唄ったら、如何なるだろうという思いが、フッと胸を掠めたのである。

みすゞ記念館

長門市仙崎の金子みすゞ記念館へ行った。薄倖な童謡詩人である。二十六才という若さの自死である。四年前に生誕百年を記念して、市が、彼女の実家である金子文英堂を復元し、その表通りを、みすゞ通りと名付けた。

此の通りに面した戸毎に、一軒一枚のみすゞ詩を展示していた。市民挙げての共賛である。テレビで紹介されたみすゞの自死は二階であった。その二階も自由に上ることができる。大正という時代性が、そこはかとなく匂う。布製の色褪せた帛紗袋に、まるいシェードの洋灯が、低い小机に置かれている。机辺の書棚には招き猫と、彩糸で巻きしめた手毬が置かれていた。

押入れには柳行李と古風な革のトランクがあり、大正の時代背景が再現されていた。

みすゞの詩の深層にはふかい哀感が蔵されている。いわゆる、ものの哀れさである。そして儚さ。いのちの愛しさがそこから生まれてきたのだと思う。

欄間格子の二階から弱い冬日が射しこんでいた。

ひっそりと低い小机に向いて、原稿を書いている姿が髣髴と浮かんでくる。

詩想を追い求めた彼女は、此のわずかな一角で、大きなよろこびに浸っていたのだ。

意外に多いみすゞファンは、年々増えて、出版化され続けているのは好もしい。

今はともかく、昔の仙崎といえば、無名の漁村であった筈だ。此の地で師もなく、ひとり童謡を書きつづけていたという、それ事態、すばらしい天賦の才の持主であったのだ。

自死したのは運命が彼女に嫉妬したにちがいない。長時間かけて、はるばる車できた値打ちが充分にあった、初冬の日の旅のひと日であった。

鶴の墓

肌寒い冬晴れの日、俳句の吟行会で、尾道を経て待望の鶴の里をたずねた。山口県熊毛郡八代町である。随分前から人伝えに聞いていたので、舞姫のように、大空をひるがえる姿に憧れていたのである。ところが見ると聞くのとは違っていた。

八代の鶴はシベリア渡来のナベ鶴で、北海道にくる大型の丹頂鶴にくらべると、はるかに小型で色もグレーで派手さはない。地味な鶴である。

昭和五十年頃がピークで、ひところは四百五十羽を数えたという。その頃に此の地へ行った人の話を、羨ましく胸にしまっていたのである。

それ以降、年々減る一方で、最近になると激減している。

鶴の里につくと、飛来数を告知する看板には、なんとわずか十七羽と書かれていた。その鶴を見るのも、間近では見えない。観察箇所が定められている。望遠レンズが三台設置されて、遠景の刈田をさぐるようにして見るのである。

ひっきりなしに観光バスが発着して、来客は多い。だが目撃できずに、失望の色をありありとみせて去っていく。なかには車椅子ばかりの団体もあった。

私は熱心に望遠鏡にしがみついていた。広大な保護区の田園は、すべてが刈田で、その果てに棚田の丘陵が見えた。そこに四羽の餌を漁っている姿をとらえた。あとはなかなか視界に這入ってこない。鶴たちは家族の結束が強くて、それぞれ別にくらしているという。ケシ粒ほどの、ちいさな姿だったが、目にしたことで満足した。

鶴の町も鶴が姿を消してしまえば、ただのへんてつのない、ありきたりの町になりかねない。鶴の監視所や、鶴センターでは、保護育成に並々ならぬ努力を続けてはいる。だが激減する要因には抗し難い。

でも九州の八代湾にはまだ大量の鶴が渡来しつづけているという。朗報だが、いつまで続くかが心もとない。

帰途、足をのばして鶴の墓があるというあたりをたずねた。古老たちの寄進になる碑があり、瘞鶴碑《えいかくひ》と読める。病気の鶴を看病したが、亡くなったので、此の地に手あつく葬ったという。

こころやさしい村人たちの心根を知って、鶴たちは頻繁に、村に渡来をはじめたのではあるまいか。

万里来し鶴の餌場に鶴の墓　　辰夫

おーい

先般の新年俳句会に異色の面白い句があった。
茶道を永年、嗜まれてきたM夫人の作品だ。

　年新た「おーい」と呼ばるる古女房

結婚以来半世紀を『おーい』もしくは『おい』できたという。
電話に出た主人が、女友達からの場合
『おい……電話……』と受話器を押しつける。
『ハイ、わたしオイです』
と、皮肉っても何の反応もない。浴場からも『おいパンツ…おいシャツ…』と叫ぶ。

意外と年輩者はオイ派が多い。さすがに若いひとはすくない。名前でよぶのが普通である。オイ派は人権意識が稀薄である。そこが頭にくるのだろう。侘び寂びの上品な世界に生き甲斐を求めている彼女にとって、まさしく『おい』『おーい』は屈辱以外の、なにものでもなかった。古女房だからこそ許容できるのである。年々歳々、年が新しくなっても『おい』の古女房は変わらないのである。琴瑟相和《きんしつあいわ》しているとも、言えなくはない。

かえりみるに私は妻をよぶときには家内という。

つらつら考えてみると、この家内の呼称は、父から受けついだ。父が母のことを言うとき、かならず家内がと言っていた。

併し、ふだん、母をよぶときは、何といっていたのか記憶にない。おいとは言ってなかったのは確かだ。私自身、家内をよぶのに『おい！』とは言わない。それでも長年、用事は足りてきている。ということは、おいと言わないだけで、『おい』または『おーい』に近い感覚なのかもしれない。

子供達の呼称を借りて母ァさん！　または母チャンが、かなり多い。これも親代々の家風がもたらしたものであろう。

ちなみにM夫人のもうひとつの憤慨は、息子たちが子供の頃、そろって『おい…』『おーい』と、父に準じて、呼んだと言う。男権社会の女性を見下すところの、男の美学?なのか。空威張りにすぎない男の見栄も、女権めざましい現代では、通用しなくなっている。

墨画教室

私の水墨教室の授業風景はにぎやかである。五教室あるが、それぞれの会の特色がある。シーンとして筆先、顔彩をひろう色づかい、色紙画での筆さばきを見つめる、緊張した空気の会もあるが、総じてにぎやかなのである。いろいろの話題がとびだしてくる。傾聴しながらの運筆である。

先般、ふいに知人のOさんの話がでて驚いた。

新築して十年という家を格安に処分して、老人ホームに入居したという。

数年前奥さんを亡くして、子供がひとりおるにはいたが、若いときに夭逝して子無しのために、決断したという。七十四、五才だと思う。四十年ほど前、一度、彼が社宅住まいをしていた頃に「油絵を独学でやってるので…」と遠慮ぶかく言われて、のぞきに行った。その頃すでに子供は居なくて、奥さんと二人暮しであった。まじめな、几帳面な性格がでている絵であった。

家を処分する前に、近所の人達に「好きなものがあれば、もっていって下さい」と、申出られたという。好人物なのだ。

本当に身寄りがないと行先はホームしかない。さびしい話である。

奥さんが在世中で、愉しく新築プランを立てて出来た家である。手ばなすには抵抗があった筈だ。

皆さんにぎやかに話題を提供してくれるが、その中には、いろいろある。御主人が病気になり看護のため、これなくなった人。老母を看護しなければならなくなった人。自分自身の疾病で休会する人。

一番、古い会は二十余年を経ている。新旧こもごも続いているが、私自身、足腰立たなくなれば、その日から消滅である。

老人ホームに入居する決断とは違うが、いつの日にか教室閉会という事になる。

こうしてにぎにぎしく世間のゴシップを愉しんでいる今が、花であると思っている。教室へ出掛けるのは癒されに行くみたいな昨今である。いずれ私もまた決断を要する事態になるのである。どんなゴシップの種になるのだろうか。ひとの振りばかりを見ておれない。

ピーポーピーポ

ゴールデンウイークの、終わりの六日は、私にとって厄日であった。市内の駅近い陸橋の下で、単車もろともハネとばされて、ハネた軽四のバンパーの上で、派手に大の字になって仰向いたのである。

加害者の若者は手馴れたもので、すぐに救急車を呼んでくれた。

ピーポーピーポに横になると救命隊員は、

「お宅の電話番号は？」

と訊いた。

「いや、家内はいたって気の小さい方で、事故したと聞いたら、すぐにひっくりかえって、二次災害になるかもしれないんで、私があとで連絡します」

と言った。

救急当番医院に運ばれると、停年になったときいていた前名誉院長で、既知の人だった。

「医師不足で出てきているんですョ」と言う。

さいわい打った背中に異状は認められなかったが、にぶい圧迫感の痛みがあった。

文化会館の水墨教室へ行く途中での出来事であった。一時過ぎても私が教室に現れないので、家へ電話をしたという。いつもの通り出て行ったとのことで、生徒さんたちが、捜しに出たという。その中に単車屋の奥さんが居て、陸橋脇に置かれている単車を発見して、今さきのピーポーで先生が搬ばれたのではないかと推測。

病院から帰宅すると生徒さんたちが、見舞いにきてくれていた。

『今夜あたり傷むでしょう』と医者は言ったが、大きな疼きはなかった。

翌日の朝、警察へ診断書を持参した。

相手は二十一才という若者で、私は方向指示器を出して道路を横断中の事故であった。追ひ越そうと思ったという。ともあれ大過なく打身程度ですんだのがなによりであった。

単車屋の奥さんに新車を注文したところ、その日の夕方、息子が話を聞いて、その注文を取り消してしまった。

「親爺よ、単車には乗らない方がいい。新車注文をした単車屋さんに電池自転車にしてほしいと、たのんでおいたから……」

三十年近く乗ってきた単車であった。息子にとりあげられてしまったのである。これが私には、一番のお仕置きであった。

頭をかかえこんでいるのである。

補聴器

数年前から耳が遠くなってきた。テレビの音量がアップしだしたのを、家内に指摘される。

「市役所の近くに補聴器センターがあるから、行ってみたら……」と言う。

私は気がすすまない。

耳から突起物がのぞいているのが気に入らない。あれがもう少し中に這入って、人目につかなくなれば使用しようと思っているが、いつの事か。

要するに見た目が悪い。百三才で逝った母も補聴器を毛ぎらいして、使わなかった。

テレビ映画で字幕の出るのはいいが、日本語に吹き替えしているのは、ひどくわかりにくい。ボリュームをあげると、すこしは理解できるが、人によってダミ声の人は聞きづらい。それと早口のさんまは、一体なにをしゃべって笑っているのか、それにつれてお客たちが共鳴して笑うので、ひとりとり残された疎外感をおぼえる。

さんまにくらべて、たけしの方はやや聞けるが、これも早口である。総体に若者言葉は早口になってきた。ゆっくり、ゆったりしゃべってくれたらすこしは難聴気味でも理解できるはずである。

聞き返すのが面倒で、わかったふりをして「ウン、ウン…」とうなづいていたら、とんでもないことになると、家内は発破をかけるが、まだまだ耳の穴には夾雑物を容れたくない。頑固と言われ近所迷惑と言われ、音量を25か26にあげて、テレビを見ている。

「ぼくなんか30で聞いてるよ、まだ25ぐらいならいいんじゃないの……」と言って慰めてくれる人がいた。上には上がいるものだ。少し気がらくになったのである。

テレパシー

先週の日曜日、正午前珍しくNさんが来宅した。十年前に来宅してからの再会だった。

「実はHさんの近況をおしらせしたくて…」

わざわざ隣市からきてくれたのだ。

「Hさんのお宅を私も、たずねたが、いつも留守ばかりで心配していました」

「糖尿病がひどくて、つい先頃は脳梗塞をして、今は精神科病棟に、監禁状態になって、家には、先妻の息子さんがきてくれている状態です。奥さんは認知症で入院したきりで何もわかりません」

Nさんは Hさんを車にのせて、よく写生に出ていた。七、八人の油絵グループで、Hさんが最年長で、Nさんは親しく交流していた。私も三十代の若いころは、Hさんと二人で、よく写生に出掛けた。私は二科展へ、Hさんは創元会展へ、所属を別にしたが、画友としての交流はつづいていた。

「あたらしい作品描いたからまたみにきてくれる」

という電話がよくきた。

私は虫の報せか、Hさん宅を最近よく覗きに出掛けたが、いつも人気がなくて、不審に思っていた矢先であった。

「ではまた来ます」とNさんは帰っていった。

しばらくして、そのNさんからすぐ電話がきた。

「今、Hさんが亡くなりました。Hさんの病院へちょっと寄ろうかと思って、病院へ来たのです。ふしぎですネ。Hさんは平井さんに連絡をとりたくて仕方がなかったのですネ。私がそのおつかいをしたというわけですよ。ほんとにふしぎですネ。連絡がついたので安心したのですかねえ……」

その夜がお通夜であった。絵の仲間ばかりが、Hさんの先妻の息子さんを囲んで済ませた。さびしいお通夜であったが、絵の仲間に囲まれたのが、Hさんにとっては、なにものにもかえがたい餞《はなむけ》だったたに違いない。生涯を絵に没頭した人だ。

それにしても、十年来たことのないNさんがたずねてきて、その彼がその日にたずねた病院の玄関口で死を告げられたのである。Hさんの切実な胸のうちが、念力となったとしか考えられない。

テレパシーは事実、存在するのだと、あらためて認識したのである。

画友Hさんは享年八十八才であった。

兄弟

ビートたけしが現代詩を書くことを、ひとは知らない。詩といえば難解な、なにを言っているのか、さっぱりわからないのがいい、高級なんだと思いこんでいる人が多い。そういう人に私は彼の詩を読んでほしいと、左記の作品をみせるのだ。詩の真実をつかんでいるからである。

兄ちゃんが僕を上野の映画を見につれていってくれた
初めて見た外国の映画は何か悲しかった
ラーメンを食べ
喫茶店でアイスコーヒーを飲んだ
兄ちゃんが後から入ってきた、タバコを吸っている人達に殴られて、お金をとられた

帰りのバス代が一人分しかなく
兄ちゃんが僕をバスに押し込もうとした
僕はバスから飛び降りた
兄ちゃんと歩いて帰った
先を歩く兄ちゃんの背中がゆれていた
僕も泣きながら歩いた

『僕は馬鹿になった』からの一節だ。

すばらしい詩だ。はじめての外国映画は、何か悲しかったから、一転して愉しい食事が、より効果的になる。続いて不意に暗転の場面になる。不良たちにタカられる兄ちゃんの、思いがけない災難を見る。このあとがいい。兄弟愛がバスを借りて、こんなかたちで表現された作品を目にしたことがない。

先を歩く兄ちゃんの背中がゆれていたがいいのである。世の不倖の理不尽に耐える。そのもろもろの、突きあげてくる悔しい嗚咽なのだ。詩の核心がここにある。

僕もまた泣きながら歩く。悲しみの極みなのだ。

この悲しみを何処へもっていけばよいのだ。泣きながら歩くほかないというむなしさを——。

天才ビートたけしは、絵も描く。美術誌「芸術新潮」で見た事がある。既成の画家とは全く次元を別にした、平明で具象的で、独自の、誰のものでもない、まさしくビートたけしの絵で驚いたことがあった。

詩の核心を掴んでいるように、絵の面白さを、はっきり知覚しているのである。

映画「座頭市」にも、映像という表現を使って、彼一流のギャグ的発想でもって踏みこんでいる。

まさしく彼は異脳の人なのだ。

淳一碑

つい先日、三月二十二日の教育テレビ『新日曜美術館』に顔を出すからご覧下さいと、ハガキがきた。その諫川正臣氏とは、旧制中学の同級生である。詩誌『黒豹』の主幹で、日本詩人クラブの顧問である。此の日の主人公は中原淳一で、彼は淳一に病気保養の地として自分の住む館山をすすめ、海岸に宿泊の家をさがしたのだった。

淳一と彼とのつきあいは、淳一の一世を風靡した『それいゆ』誌に詩を投稿し、掲載されていた。

その知遇で転地療養を勧めた。淳一の死後、海浜に私費を投じて淳一碑を建てた。

テレビに収録されたのは、彼ひとり佇み、淳一碑が映っていた。彼の出番は短かったが、好々爺《こうこうや》の顔は、最高の喜びをたたえていた。一介の高校教師の彼には、かなりの出費があっ

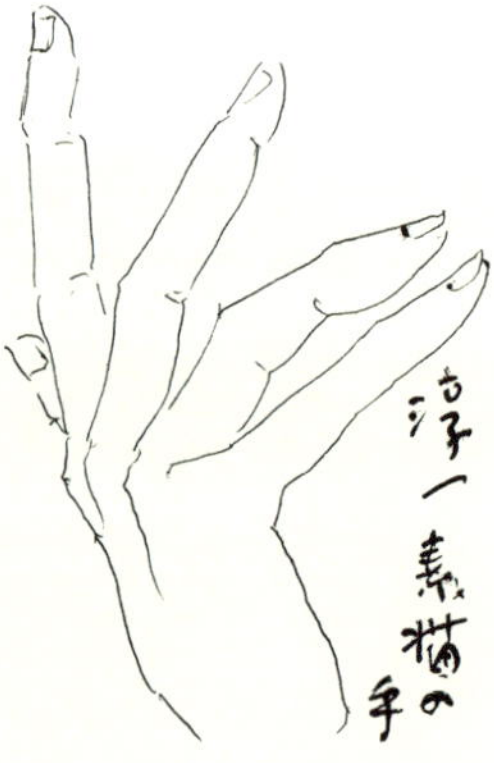

た筈だ。

独力で立派な碑を設置するということは、なかなかに至難のことである。

私が有楽町で個展をしたとき、銀座の画廊で、淳一の妻である芦原邦子展が開かれていた。もと宝塚出身のスターともなれば、こんなにお客がくるのかと驚いた。花の絵ばかりの会場であった。

はなやかな主人公は見えなかったが、お客は絵よりも、もとヅカガールを見にきたのではと、僻み根性で思ったものだ。

テレビの放映中、一度も芦原邦子の名も出ず、その姿もなかった。私の記憶では彼女の個展会場の華々しさが、今も目に焼きついている。おびただしい来会者が溢れていたのを思いあわせた。

さびしい館山の海岸で、ひとり療養しつづけた淳一とは対象的であったのだ。そんな彼にエールを贈った諫川氏の優しさが伝わってくる。時の人であった中原淳一とは何者か？と、若い人は訊くだろう。黒い石の碑には淳一の詩的な言葉が返事のように刻まれている。諫川氏の好んで選出した碑文にちがいない。彼の哀惜《あいせき》の深さが偲《しの》ばれる。

ヨイトマケ先生

年の暮れに東京から、おかしな電話が一件きた。

それは岡田音楽事務所の小室と名乗る人からである。識らない人である。

「ヨイトマケ先生ですネ」と言われて暫く考えた。黙っていると東京弁の早口で、まくしたてる。

「私、インターネットで検索したら、私のイメージどおりの、ヨイトマケが一点だけありました。そこで私方のヨイトマケコンサートのチラシに掲載したいので、是非よろしくお願いします。」

「結構ですヨ。どうぞ御自由にお使い下さい。でも不思議ですネ。私はメカに弱くて、インターネットに出したおぼえはないのですが」

「はい、先生の絵は、うちぬきという、自噴水を抜きだす筒を打込むところの絵なんです。

それは全くヨイトマケと同じでした。数人で鉄槌を引張りあげるんです。そのとき皆で唄う歌があるんです。私方は高齢者向け専門のコンサートなんです。歌手も楽師も皆、一流の人ばかりです。レパートリイも沢山ありますヨ」

そこで延々と題名を披露してくれた。

古城、炭坑節、悲しい酒、知床旅情、リンゴ追分、佐渡おけさにズンドコ節、矢切りの渡しに男はつらいよ・・・etc.

なつかしい歌ばかりである。

「チラシが出来しだい先生宅へ送ります」と長電話が切れた。

そのチラシが十枚送られてきた。

絵を見て記憶がよみがえってきた。

西条市の史談会会長の三木秋男氏は同級生であった。うちぬきの彼の原稿に、うち抜く処の絵を依頼された事があった。義理がたい彼は、打抜きに関する原稿を、諸処へ発表する時に、この絵を使用させて貰ったと、挨拶を怠らなかった。たまたま、その一文がインターネットに這入ったのだ。

だからまず西条市へ電話をし、三木さんに市の史員は訊き、許可は当人に訊いてくれという三木さんの言葉を私方へ伝えてきたのだった。

三センチに三センチ五の絵には龍山人と判然と、私の雅号が記されている。

開演は来年の秋で、東京芸術劇場でチケットサービスをしている。ヨイトマケ先生も行ってみたいが、あまりにも遠すぎるので敬遠せざるを得ない。

賞あげます

年の暮れに東京の出版社から電話があった。

「当社では貴方の俳句作品を掲載します。句は、
　これよりは長き昼寝を許されよ
という作品です。金子兜太先生選です」

ＵＩゼンセン新聞の俳句欄で出た句である。その前に全国公募で、辞世の句を募集していた。そこにも優秀句として掲載されていた。とにかくすばらしい作品だから、是非とも発表させてほしいと承諾を求めてきた。

「お宅の出版社名は？」

「はい、Ｍまほろば出版です。」

あまり耳にしたことのない出版社だが、せっかく載せてやるというのだから、

「はいはい、どうぞ結構ですよ」

と返事をすると、思いもしない言葉が返ってきた。

「あのう、掲載料八万円頂きますので……」

「エッ！　一句八万円ですか」

耳が遠くなったので、一万円と言ったのかもしれないが、向こうから出したいと言ってきて、料金を負担せよとは、一万円でも支払うものかと、むしょうに腹が立ってきた。

「結構ですヨ」と、ガチャンと切った。

もう数年前になるが、

「東京のB社ですが、貴方の絵がB社賞を受賞しました。つきましては、季刊発行の本誌に作品を載せたいのです」

と言ってきた。

「私は今迄一度も、お宅には応募した事がありませんので、賞を頂く理由がありませんが？」

「いえ、此方は貴方が県展出品なさった作品を見て、それに当社が賞をあたえたわけです。もし承諾頂ければ、当社のカメラマンが、お宅のアトリエに、お伺いします。見開きのグラビアで、四十八万円です」

「大金ですネ。そんな金あれば、油チューブや画材を買いますヮ」

「まあ、そう仰有らずに個展の時なんかに、会場に置くとよろしいかと」

私は無言で電話を切った。その後も執念深く、

「せっかく受賞されたのに惜しいですネ」

と掛かってきたが、

「今、本人は写生に出てますので」

とことわった。

又、掛かってきたら、また写生だと言ってやる。

転落

今年九年目を迎える、パグとダックスフントのミックス犬だが、とにかく気が荒い。よく吠える。夏場は四時過ぎになると散歩をネダる。冬場には五時過ぎで、外は暗い。吠え声が近所迷惑で、私は起床する。私の起きた気配にピタッと鳴きやむ。

小型犬で三十センチほどだが、引く力は強い。

幼犬のときから近所の児童に可愛がられて、声をかけられる。人気者だ。個々の児童を嗅ぎわけているらしい。犬は家族をランク別にしているというが。わが家では家内が一番で、時々くる長男が二番、一番よく面倒をみる私が三番だ。三番だが世話掛り役だという事は念頭にあるらしい。

加茂川の長堤はいつもの散歩コースである。此処の土堤の斜面は四、五メートルある。不意に引張られて、此の土堤を転落していった。夕闇の頃だった。手綱をはなしたら、つかまえるのが大変という意識があったのか、手首に綱だけ巻つけていた。下まで落ちて仰向いた私を、チャッピーは間近くきて覗きこんでいた。

全く不安此の上ない目で、心配気に見下しているのだ。起き上るのに随分苦労した。人に見られていなかったのが、せめての幸運であったが、全身に痛みがあった。もう二度と、此の土堤を歩くのは止めようと考えた。

それから二、三ヶ月して、此の禁止区域を忘れていた。チャッピーもすっかり忘れていたのか、同じ場所で、同じように土堤から外れて、私を引張った。

私は顔から傾斜面へ突っ込んでいって転がり落ちた。仰向いているとチャッピーが顔を寄せてきた。顔中を舐め廻しているのだ。手をやると、べっとりと血塗れていた。その血をけんめいに舐めて拭いているのだ。

（バカ犬をなんで飼っているの…吠え廻ってばかりいる犬を）なんて言う友人もいたが、こんな献身的なチャッピーの姿を見せたら驚くだろうと私は、ズキズキ痛む頭で考えていた。

同じ場所で同じように転落した自分の不甲斐無さを、私はひどく恥じた。

三度目の正直という言葉がある。今度こそは本当に危ないのではないか、自制しきりである。

金の話

所用で最寄りの郵便局へ行った。小包みを重量計に置き、係りのくるのを待った。その間に、係りと話している隣りの声が耳に入った。別に聞き耳をたてた訳じゃないが、驚いた。眼鏡の婦人だ。

「八千万円は出しといて下さいョ。あとの〇〇万円は、ちょっと置いといてネ」

私は唖然とした。なりは普通の五十がらみの主婦である。〇〇万円はきこえなかったが、すくなくとも両方合わすと億を越す。するとこの婦人は億万長者なのだ。私は家内が脚を悪くさせてから、買いだしに行かされているが、スーパーの大安売りに、見かけるひとと同じ服装だ。

長者の奥さんといえ、安売り場を漁っていけない法はない。

テレビでみる石川遼選手は最年少でなんと一億八千万、女性の横峰さくらさんは一億七千万。

今朝の新聞に大きい見出しで、マー君一億円超高卒四年目、ダル・松坂に次ぐとある。

尚、楽天の田中が二十五日、一億五百万円増の一億八千万円プラス出来高払いで契約更改したという。日本ハムのダルビッシュの二億円、レッドソックス松坂（当時西武）の一億四千万に続いて三人目になった。

気の遠くなる高額所得だ。一国のリーダーのお小遣いは、これまたスゴイ。私にとってはみんな桁ちがいの銭勘定である。

局を出て往きちがう人達が、みんな大金持ちに見えてくる。みんな億単位の金を持っているのだ。

なんともはや恐るべき時代である。子供の頃、百万長者が最高の金満家であった。長者邸は豪邸で、内部がうかがいしがたい造りであった。

現代の億万長者は、一婦人と見わけがつかない。

身近に住んでいるのである。格好からして目立たない。郵便局の窓口でふだんの口調で、さりげなく腰ぬかすような大金の話をするのである。

一度でいいから宝クジに当って巨額を手にして、

「八千万円は出しといて」

などと軽く言ってみたいものである。それにしても零細な金で、命すりへらすような仕事に、あくせくしている人たちが多い。上見ればきりなし、下見れば切りなしの世相なのである。

悼・奥村公延さん

何気なく今朝の読売新聞を開いて驚いた。俳優の奥村公延さんが死去と、にこやかな公延さん独特の笑顔の写真が出ていた。思いもしない訃報だった。

あれは虫の報せだったのか。整理整頓の出来ない私は、手紙類を曳出しに入れていた。封書も別にせずに混在させていた。その封書をなつかしい人だけ選り分けていた。

公延さんの手紙だけ、ふしぎに気になって束ねた。ふたりで石鎚山の成就社にある茶店で食事をした、そのはじめての出会いを綴っていた。以後再会を約しての数年間の文通の束だった。最終は雲霧仁左衛門のロケが済みヤレヤレですとあった。

仁左衛門の公延さんよりは北大路の大岡越前付の門番役の方が、私は好きだった。台詞はすくないが奉行との、ちょっとした交流が、下積みしてきた人の芸をみせてくれた。

驕らずにいつも柔和に微笑している彼は誰にも好かれたことと思う。文面で、辰ッあん！

辰兄ィと呼びかけてくれていた。

終り頃の手紙では、

「こどもが農大におるので、ひと頑張りします」

とあった。晩婚なのだ。

左記は新聞訃報記事である。（平成二十二年一月十四日）

奥村公延氏（おくむらこうえん、本名進＝すすむ＝俳優）昨年十二月二十四日呼吸器不全で死去。79歳。告別式は近親者で済ませた。二月十一日にしのぶ会を開く。喪主は妻、泰子さん。

新劇団「近代劇場」に入団、「はなれごぜおりん」「浮浪雲」などの舞台に出演したほか、映画「お葬式」の死体役を始め、数多くの映画、テレビドラマで名脇役として活躍した。


忙しいロケ先から木彫りの蛙を送ってくれた。

その蛙を引張りだして叩き棒で、転がすようにして叩くと、可憐きわまりない音色をひびかせる。

公延さんを送るにふさわしい音である。

彼は「お葬式」の死人役で賞をとって、世にでた人だった。自分で今度は送られる人となり、どんな思いをしているのだろうか。あのあたたかい人なつこい笑顔で苦笑しているだろう。おつかれさんでした。ごゆっくりおやすみください公延さん。

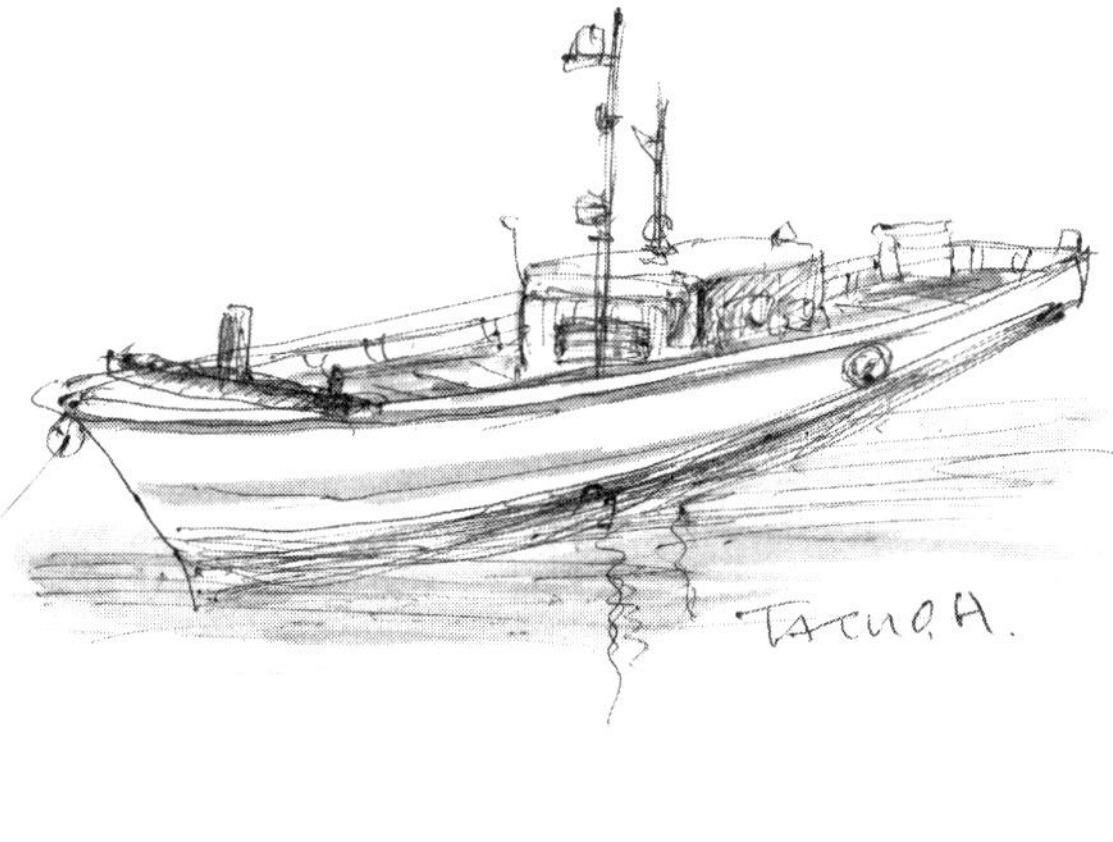

人形犬

土手から転落して顔が血塗られたのを、飼い犬がきれいに嘗めてくれた話をしたところ、人間並みに機転のきいた犬の話をきいた。

話をした人の友人で、高齢者で、独居老人だ。最近めっきりと血圧が高い状態が続いていたが、夕暮れに厨房で倒れ、意識不明の昏睡状態になった。そのとき随分と犬は悲鳴をあげて狂ったように鳴いたと、あとで隣家の人が言った。

犬はつながれた紐をふりきって、老人と仲良しのAさん宅へ駆け込んで吠えたという。Aさんは犬の狂ったようなそぶりと、紐をひきちぎった状態から何かあったのではと感じた。たずねてみて倒れている老人を見、救急車を呼んだ。一刻を争う状態であったという。

すばらしい犬がおるものだ。救命犬として表彰されてもいいと思った。

その夜、なにげなくテレビを見ていたところ、まるまっちい真白で、ふさふさしたシーズー犬が出た。コマーシャル犬である。名をよばれたら表情で応え、うなずいて首をふる。ぱっちりした黒い瞳が愛らしく、ねむるように閉じて、顎をおとす。

声をかけると、センサーに反応して動きだす。咬みもしないし、じゃれつきもしないが、総態に柔順な作りで、体温が暖いという。

餌もいらないし、排泄もしない。運動につれていかなくても、此のままの状態で病気もしない。

愛玩用のロボット犬には驚いた。

コマーシャルレディたちが、それぞれに抱きあげて頬ずりをする。それにこたえて黒瞳を開閉するしぐさは、生きているようだ。鳴き声も規定通りである。いくら愛らしくても、人形のもつ愛らしさにかわりはない。わが家の吠えまわるアバレ放題の犬とは大違いだ。手間ひまかかって世話はやけるが、その分、愛情の質が、人形犬とはちがうのである。

主人に一旦緩急があるとき、思いがけないはたらきをしてくれるのだ。それが生物と、魂の無い死物の違いだと思う。機能化優先のメカニックな時代に、缺けてゆくもの失はれてゆくものが、便宜さゆえに増してくる。

旅に出たくなる地図

新しい図書館が出来て有難い。新刊書コーナーに次々と、目新しい本が入庫してくる。借りだすのも十冊。以前は五冊迄だった。貸出本の読み取り機も高度化して、すごく早い。アッと言う間だ。

今朝、何気なく、新刊図書コーナーで、手もとの『旅に出たくなる世界地図』という本をめくった。

めくったところにチューリッヒが出た。その市街地図をなつかしく眺めた。

二十数年も前の迷い子騒動が歴々と甦ってきた。

チョコレートのメーカーであるモロゾフが、愛の詩を全国公募した。特選九名がえらばれて、カトリック総本山のアッシジで受賞式を行った。男性は私一人であった。

海外旅行は初体験でなんの心配もなく、隣町へ行く気分である。それが根本的に間違いであった。

ホテルの名も忘れ、会話も出来ず、チューリッヒの朝、呆然と迷い子になった。スケッチ用の画板と鉛筆だけを握っていた。

スケッチに歩き廻った教会がフラウミュンスター寺院で、シャガールのステンドグラスがあった。川のリマト川は、この地図で知った。脇道には獅子像がショーウインドに鎮座していた。次々と駆け廻った脇道の名をはじめて知った。地図のお陰である。写生をした処だ。

ベートーヴェン通り、シュトッカー通り、トーデイ通り、ゲンファー通り、そして大通りのベルゼン通り、ここらでもう日本への帰国をあきらめた。

鉛筆と画用紙が手元にあるのだから、似顔絵を描かせてもらい、「ペニー、ペニー」と、金を稼いで、ここで暮そう。それ以外に方法はない。と肚をくくった。すると建物の間を、いそがしく走っている紺服の近畿ツーリストの添乗員を目にした。地獄に仏の瞬間だった。

次はフィレンツェへ行く時刻が切迫していた。

ホテルにつくと、長時間待たされた女性群が、みんな冷たい白い眸で私を視たのは当然だった。

以後は、皆、私が二度と雲がくれしないように、行く先々で『オトウチャン、オトン、オヤジさん』などと呼んで、くっつき廻られる破目となったが、今こうして、なつかしく日本で、あのとき夢中で駆け廻った地名を眺めて、見飽きない。

戦争を語る座談会

西条小学校は六年生を対象に、戦争体験を語るというテーマで、授業をしていた。すでに数年続けているという。語り手は毎年続けている人もいれば、私のように新しく招ばれる人もいる。

数人の語り手が二十分ずつ、二十人の集団に語る。集団は、それぞれ別の人の輪をめぐって、聞き書きをする。

私への招待状は、しっかりとした字で、文意も上手な子からきた。6雪　手辺夕紀子と署名がある。手辺はどういう読みかたなのか、少し気になった。その日の午後、市内の大手スーパーの中元扱いコーナーへ行った。扱いの女性が私の前に坐った。その胸札に手辺とある。

私は注文よりも先に

「お宅の娘さんは西条小学校ですか?」と聞いた。

「ハイ」とうなづく。

「六年生で、夕紀子さんじゃないですか」

ちょっと驚いたように
「ハイ」とうなづく。

「実は、明日、私は戦争体験を、娘さんたちに話しにいくのですが、その招待状を、お宅の娘さんに頂きました。その名前が珍しいので、どう読むのかと考えていました」

「テベと言います」

と応えてくれた。

会場で、その娘を見た。大柄で、しっかりした顔立ちで、母親似の面差しだった。全く奇遇であった。

私の体験話は、短時間なので、私の奇跡的な、ふたつの話をした。

ひとつは、外国旅行でチューリッヒ市で迷い子になり、もう日本へは帰国はできない、此処で似顔絵描きになろうと決めたとき、添乗員を見つけて、奇跡的に帰国したことを。

もうひとつは、終戦の時、爆撃され、逃げ廻った、名古屋の愛知発動機工場で聞いた玉音放送だった。この玉音放送で生命が助かったと喜んだ。異国の地で添乗員を見つけたのと、その喜びをダブらせて語った。

生きている喜びを生徒たちに知ってほしかった。

私の語りが下手なのか、あまりむつかしすぎたのか、生徒たちの表情は曖昧模糊としていた。なにか訊きたい事はと、水をむけても黙ったままだ。

終りに女性校長が挨拶をした。その後、私は手を上げて立ち『いま』という戦争反対の詩を朗読した。私の思いをこめた新作の作品だが、やはりキョトンとした風情で無反応だ。

「それ貸して頂けますか。コピーをしたいのですが」と校長が手を出した。それが私に対してのエチケットに感じられた。

戦後六十五年、激烈な戦争は、すでに風化してしまったのか、胸の奥を冷たい風がフッと過ぎていった。

又貸し

その頃、母は私が読書をするのを、ひどくきらった。陽性で明るい母は、ちいさな子供のくせに、しんねりむっつりと、陰気に本ばかりかかえこんでいるのが、気に入らなかったのだ。

ボール投げやバッタンにコマ廻しなど、男の子らしい遊びをしてほしかったのだ。私は本当に本の虫だった。活字があればなんでも読んだ。低学年から家にある本は、意味がわからないまま、読みつくした。

知恵づいてくると、おこづかいを貯めて、古本屋に行き、古本を買い漁った。それを売り、また買うという手をおぼえた。

そのうち自分の本を友人に貸して、友人の本棚から好きな本を借りてくる。速読だった私は、すぐに読み終えてしまう。返しに行っては、またごっそりと大量に借りてくる。友人はまだ私の本を読み終えてないので、つぎつぎ借り出してこれる。

当時は学校に図書館も図書室も無かった。友人たちの本箱が私の図書館であった。あちらこちらに、友人たちの数だけ図書館があったのだ。私の身辺にはうずたかく他人の本が積んであった。

本の種類にはこだわりはなく、なんでもよかった。そのときの乱読の癖が、未だに残っている。

なんにでも興味があるのだ。そんな日に思いがけない事件が起きた。

下校して自室に這入って驚いた。部屋は、きれいさっぱりと本棚の中まで一冊もない。ドキッとして坐り込んだ。これまで数回、母からのきびしい警告があった。併し、本当に、ここまできびしく処分するとは思いもしなかったのだ。いったいあのおびただしい数の本は、何処へ消えてしまったのか、母は応えなかった。今もって不明である。

私は深刻な立場に落ち込んだ。友人たちの本の又貸しの、その又又貸しが暴かれたのだ。Aの本をBに貸してBから借り、読み終ると、すぐにCへ貸し、Cから借りだしてDへ持っていき、Dからも大量に借りた。あぶない綱わたりだ。

節度が無いと言われれば、まさしくその通りだ。

自分の手もとに貸しと、借りのメモでもあればよいが、仮にメモがあっても、肝心の現物の本が無い。本でもあれば記憶で完配は出来る。最悪であった。督促の矢面に立って、隠しきれずに、母に捨てられた一件をしゃべった。平あやまりにあやまった。当時、親の威光は効き目があった。仕様がないということで収拾はついたが、私の信用は失墜してしまった。大きな痛手だった。

もう二度と友人たちから本は借りられなくなったのだ。本が身のまわりにないというさびしさは、格別だった。百三歳まで生きた母は、父より厳しい女傑であった。

ふたりのオ殿様

これは昭和三十年代頃の話である。

当時、西条工場の寄宿舎の舎監長をしていた、桐野花戒氏と、金比羅のさくら屋旅館の大広間に坐っていた。句会であった。

席主の合田丁字路氏はホトトギス誌の同人で、旅館の親爺さんだった。

招待されてくる客主は但馬の国主、京極家の当主で俳人でもある京極杞陽氏であった。

お殿様と会えると思うと、私はかなり緊張していた。

お殿様は国鉄の汽車でおみえになった。

黒南風や南風号という汽車で

を出句された。梅雨期の鬱然とした風を黒南風という。その風の中を走るのは南風号という汽車である。南風号だから面白いのである。

まことに斬新で、度胆を抜かれた。未だにその強烈さを記憶にとどめている。季語の黒南風が効いている。とても殿様芸ではない。そのとき下座に坐っていた私には、殿様が、小柄で弱々しく、貧弱に見えた。句は大胆で気力に満ちているのに、何故かひっそりと陰鬱に見えた。

それが奇異であった。

殿様ともなると、あまり軽々しく、下々の者と接して、話さないという印象を受けた。

もうひとりの殿様は、当県の知事であった頃の久松定武氏である。

知事が愛媛県美術会の会長にも任じられていた頃の事、私が県展の洋画の部で、県知事賞を受けた年で、もう四十年も前の話である。

例年、祝賀会を催していたが、アトラクションとして、殿様が16ミリで撮ってきた欧州各地の風景を披露して下さった。

そのあと懇親会に移った。席が、ちょうど殿様の真ン前で、手の届く近さであった。思わず盃を差し出した。

「私、今回展で知事賞頂いた者です。御献杯を」

すると、殿様のうしろから、素早く、黒服・詰襟の男が、私の盃をサッとさらった。

「私がかわりに頂きます。知事はアルコール一切おやりになりません……」

親衛隊みたいな人が、見張るように付添っているのだなと、はじめて気づいた。盃の応酬が出来なかったので、別にむくれるわけではないが、何故か但馬の殿様の方が好ましく思えたのである。

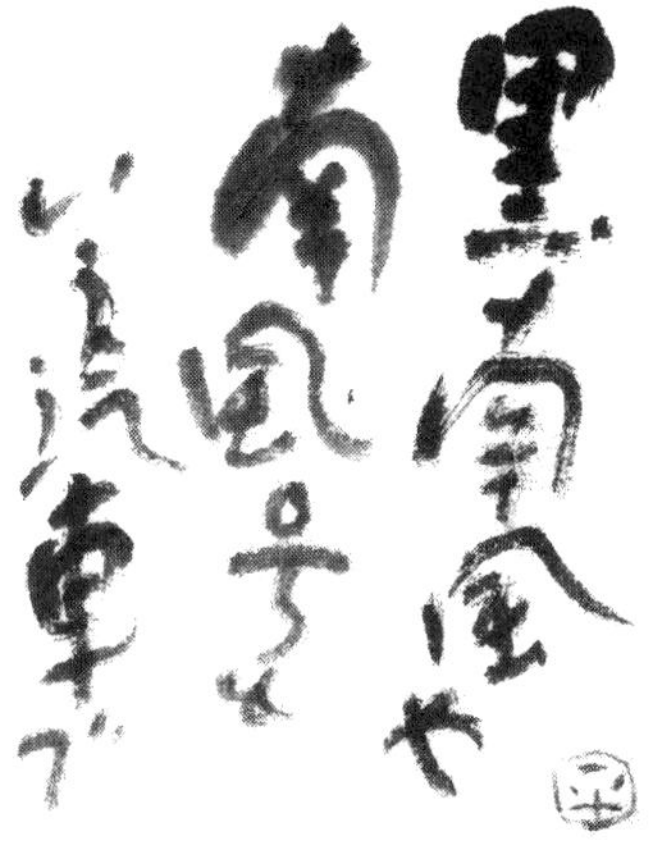

悼・長門裕之氏

昨日、五月二十四日の新聞で、俳優の長門裕之氏の死去を知った。先年、老老介護をされていた奥さんの南田洋子氏を亡くされていた。

氏とは面識がなかったが、三十年前のこと、彼とは機縁をもっている。

その頃、私は二科会に所属していた。隣市の新居浜は、住友が健全で殷賑を極めていた。市内の国際ホテル２Ｆで『はくび画廊』主催、二科会会員選抜展が催された。支部同人の私も招待され、出品した。６号一点「ふたりのピエロ」であった。開催の三日目の夕方、画廊から電話があった。

「長門裕之さんが、つい先ほど、ふらりとみえられて、このピエロがほしいと仰言いました……」

彼はたまたま新居浜市へ、テレビ出演のためにきていたのである。

聞くところでは彼もまた描くという。どんな絵を描くのだろうかと興味を覚えた。彼の芸風から考えられるのは、漂々としているから、リアリティのある写実風のものでなく、ロマン風の画風がふさわしく感じられた。

買上げされた私の「ふたりのピエロ」は漂々としていた。彼の好みをそそったにちがいない。明色のバーミリオン（朱色）を背景に、茫洋とした表情の、年令不詳のピエロであった。

翌朝、画廊のマダムが空路、彼の邸へ「ふたりのピエロ」を抱いて飛んで行った。

芸能人に作品が所有されたのは、初体験であった。故人となられた彼の邸内で、あのピエロは懸かったままでいるのだろうか。子供の無い故人の邸宅は如何なることとか、ピエロもまた如何なることに、なるのだろうか？

鑑定

テレビでみる鑑定団が面白い。素人と玄人の価値観の誤差が、余りにも桁はずれなのが、笑いを誘う。

あるとき駅前の土産物店、虎屋の奥さんが出演していた。その奥さんは沢山の軸を持っているると、人伝てには聞いていた。

そこでの有名画家作品は、やはりニセ物だった。

骨董商から巧妙に多数買わされていたのだろう。

私の父は若い時から京都へ出て、日本画家、田近竹邨先生の門下生になり修業を積んでいた。

戦後に郷里の西条に戻り、絵画塾を開いていた。

ある日、一軸を持って鑑定してほしいという婦人が来宅した。

「主人が亡くなるとき、この渡辺華山の軸を売れば、家が一軒建つぐらいの金がはいるから、困ったときに売るがいいと」

床の間に吊った軸を見ながら、気のやさしい父は無下に否定できず、

「これは華山ではないが華山らしく上手に描いてます。ニセ物でも上・中・下とランクづけすると、まあ上の部ですか…」

と慰めた。

上の部で上手に出来ていると言っても、ニセ物はニセ物にかわりはない。

父の気のやさしい好人物まるだしの、否定の仕方が、ひどくおかしかった。

当地での文具商で長船堂があった。御主人は刀剣の鍛刀なども手掛け、ひろく書画を集めていた。

「実は最近、東予市でオ父上の作品にまちがいない軸を手に入れました。そこで添書をお願いしたいのでよろしく」

と、いうので出掛けた。

父の真筆の狸だった。夜空を仰ぐ腹鼓図で、父の秀逸の佳作だった。

玉泉という父の雅号も、落款もあるのに添書は不要でしょうと言ったが、余り熱心にせ

がむので、「嫡男、龍山人、これを父・玉泉作と證す」と書いた。

わが家にも如何ほどの値がつくのか、みてほしい古物の焼き物がある。

父が生前に私に言った。

「このオ多福人形だけはとてもいい物だから大事にするように…」

高さ二十糎、横巾十糎の、黒々と煤け、顔の黄ばんだ汚れと、愛嬌のある面輪の柔和さは格別だ。

人形師幸三と彫印が裏底にある。

江戸も初期、連子格子戸の中で、長年置かれていた年代物のオ多福である。床の間の隅に置きざりにしているが、ときとして思いたったら、その黒い顔を拭いてやる。心和ませる微笑にホッとする。

司会者に

「これはいくらぐらいですか?」

ときかれたら、登場者にならって、

「百万円です」と迷いなく応えるだろう。愛着料が百万円なのである。

表彰式

昨日七月三十一日が、かまぼこ板絵の表彰式で参会した。今年で十七回目であった。昨年は知事賞、今年は車だん吉審査委員長賞であった。

会場に入ると、館長さんが声をかけてこられた。

「だん吉先生が、似顔絵を描いてくださいました。あなたにそっくりですョ」

賞として頂けるのだ。

そこへだん吉先生が顔を出し、カメラを構え、

「写真を一枚とらせてください。あれはどうも自信がないんです」

と言いながら、二、三度シャッターを押された。

例年、ギャラリーの事務局は、入賞入選集を出版している。そこにコメントと各自の顔写真が載る。それを見て私の似顔絵を描かれたのである。三糎角のちいさな写真では特徴

がつかみにくい。

でも表彰式で頂いた絵を私は気に入った。一緒についてきてくれた人や、その子供たちは、絵のまわりに輪になって眺めた。

「ウワーッよう似とるヮ」

歓声をあげたところへ、だん吉先生がきた。皆の賛嘆に微笑された。

簡単な漫筆だが、肩の線が見事だった。コメント写真に無い私の総体的な体型を、しっかりとつかんでいる。私はいかり肩である。それと添書の賛がとてもいい。暖かい言葉が嬉しかった。

応募番号「いの一番」
画風は
飄飄　軽妙洒脱。
背高のっぽのダンディ親爺、
それがわたしの知る
平辰さんである。

車だん吉印
二〇一一年盛夏

ベレー帽をかぶった私が左手にかまぼこ板を、右手にひと指しゆびを立てている。ジーパン姿だ。

私は絵を頂くと、その場で、会場に詰めている人々へ、ベレー帽をかぶって見せた。だん吉先生は羞じらって、早々と背を向けて退場された。

実は、審査員が、それから自分の選んだ作品評をするのだった。私の作品は『札所めぐり』という作品で、長い石段を、お遍路たちがのぼっていく構図だった。

別に審査評を頂かなくてもいいのだが、何故急に背を向けて、あわただしく委員長席に帰られたのか、ふしぎだった。私よりもまだ、だん吉先生の方が、あがっていたのだ。

「あなたの作品を批評するのを忘れてしまって……」

と、すまなさそうに帰りぎわに言われた。誠実な方なのである。

長寿者

最近になって気づいた。熱心に新聞の、お悔やみ欄を見るようになった。死亡年齢に関心がある。八十才から八十四、五才が多い。八十四才の私は数え年で、適齢期である。

父も八十四才で逝った。

逝くということに実感がない。ないから平気で死亡欄を眺めている。どうあがいてみても、確実にお迎えはくる。どんなかたちでくるのか。ラクなお迎えであってほしいと思うだけである。

先年、かまぼこ板絵コンクールのライバルである曽我八千代さんが、百五才で逝かれた。貼り絵の名手であった。着想が良かった。

応募作品が届く頃になると、かならず問い合わせが受付けにきたという。

『平井先生の絵は何を描いていますか?』と興味津々であったという。

私を先生とよぶのは、御長女の千鶴子さんが、句会で同席し、一時は、私の水墨教室に居られたからである。百三才の時の『浅野新館長像』はすばらしい出来であった。愛媛新聞社賞を受けた。実に表情を的確に掴んで、清新だった。とても百越えた方の作品とは思えなかった。画面に力がみなぎっていた。年齢を感じない若々しさが魅了させた。

もひとり先年百八才で亡くなった上堂喜太郎さんがいる。

百才からはじめた油絵で、かまぼこ板の小画面に、広大な風景を描かれた。読売新聞の全国版に大きく紹介された方である。受賞会場で並んだとき、つくづくと眺めた。とても、そのような年格好には見えなかった。スラリと背筋が伸びて、顔の色つやもまた良く、温顔であった。

細々と農作をして、老後を考え、恩給の職につくため、小卒の身で専検を受け、代用教員になり、六年後に教員資格を取得、三十六才になっていた。子供九人を養育し、昭和三十四年に定年退職し、油絵を始めたのは遅い。

貧しかったから、なにかにつけ努力せねばと、自分の中に忍耐する生活習慣を身につけることを心掛けてきた。それが長寿のもとであり、貧乏であったことに感謝していると言う。謙虚な人だ。

百八歳の個展を企画していながら、逝かれたのが残念であった。二人共、私には、得難い長寿の大先輩であり、稀有の人生の達人たちであった。尊い奇縁であった。すこしは、あやかりたいものである。

今になって気づいたのだが、今日はなんと敬老の日であった。

大ケンビキ

盆明けの朝方、寝床で転々とした。起きあがれないのだ。横向いて左肱をついても躯がついてこない。左肩の肩胛骨に鋭い疼痛が走る。無理して躯を動かしすぎたのか、右の肩胛骨の深部まで、焼火箸を突き刺すようにビリビリと痛い。頼りない自己診断だが、これはまさしくケンビキだ。それも嘗てない重症の大ケンビキだ。

もう数年も前、背骨の周辺がケンビキに襲われた。息をしても痛い、肩を突っ張らせて鍼灸院へ行った。院長は不在なのか、若い施術師が来て、痛いというのに背筋の周辺を、強いちからで揉み上げ揉みおろしをした。患部を撫でるようにやさしくさすってくれると考えたのは、私のまちがいだった。早々に帰宅した。

以後、どこへも行く気がなく、鎮痛剤の貼り薬を背中いっぱい貼って寝て過ごした。

思えば、あのときすこし無理して、絵にのめりこんで描きすぎたのだ。

今回も盆に入ってから50号の絵に手数を掛けていた。あちらこちらと手を入れていると、つぎつぎと夢中になっていく。

右手に握った画筆の動きだけで、躯は椅子に座りっぱなしだ。硬直したまま頸筋がギクギクと突張るので、われにかえった。

「もう年ですから少しは考えて下さいよ」と、家内は言う。

父は八十四才で亡くなった。今の私と同年である。あちらこちらへ出稽古に行っていた。ある日、父は近隣のバス停に降りたとき、膝が立たなくなり、その場に坐りこんだと言った。以後、出稽古は一切止めて、裏二階の静かな居間を寝所として、臥せて貰うことにした。別になんの痛みもなく、暫くして亡くなった。いい往生だ。

新聞の死亡欄にはよく目をとおす。教室に来ていた人の名も目にする。みんな八十三から八十四、五である。私も適齢期である。努めて出来る限り無理をしないようにと自戒はしているのだが、かなしいかな、昔からのせっかちな気性がなおらず、思いたったら前後を考えなくなってしまう。

ケンビキになって、後悔をするのだ。ところでケンビキは辞書にもなく、病名にもないが、実感がある。いかにも痛そうで、事実、痛い。反省うながす呼称である。

妻の死

闘病生活二年余。今年に入って、二月四日正午妻は帰寂した。

もとからの固疾は関節リュウマチが因であった。松山市の日赤に入院もした。歩行がむずかしく膝関節に金具を入れたりもした。昨年から西条へ移り、入院していた。

終末期は点滴と酸素マスクで、固く目を閉じ、無言であった。

正月頃までは、三度三度、食事をたべさせに行った。完食してくれたときは嬉しかった。食がすすまず、のこされると気が重くなって、一喜一憂をし、とうとう嚥下ができなくなり、点滴することとなった。栄養剤を注入する。口腔を通らずに栄養を摂るのだ。一度だけ嚥下するちからが出てきたすこしの間、食事をあたえることができたが、すぐにまた嚥下不能となり、病魔の進行は意外に早かった。

息をひきとったのは、街に小雪の舞う厳寒の正午だった。階下の売店へ買物に行った、僅かな時間に息をひきとった。天上へとのぼっていった魂は、つめたく冷えきったにちがいない。

検査検査でいためられ傷つき、疲れきったからだは、苦痛から、いまは解放されたのだ。やわらかな死顔であった。はげしい戦いのあとの静かさに包まれた安堵感があった。

その夜、葬儀屋さんの手配で、久しぶりのわが家に帰宅した。

翌日が友引で、また一夜を過ごした。一日でも多く自家にやすむことができたのは、嬉しかったと思う。町内のお年寄りたちが、沢山きてくれた。

「お元気仲間のリーダーだったのに……」

お悔やみの言葉は切実だった。

翌日、葬儀はあわただしかった。

遺骨の白木の箱を抱えて帰ったのは夕刻だった。

胸に抱いた箱は異様にあたたかい。人肌の温味が伝わってきた。

妻の生涯の終幕を、此の手で引くとは、全く予想だにしなかった。妻に先立たれるとは、運命の手ちがいとしか言いようがない。

毎日の生活に、なにかしら空虚な違和感があった。病院へ毎日行っていたのがなくなったせいもある。そのうちジワジワと寂寥感が湧いてくることだろう。

今朝の新聞に「亡き人と」というエッセイがあり、目を引いた。作家の眉村卓さんが書いている。

連れあいを亡くされた人には、自分が後になって、幸運ですよと言う。亡くなった人は、もっと生きたかったはず。いくらしんどくても、死んだ人からうらやましがられている。

自分がしあわせだと思うことが死んだ人への責任。そのうちに余生ではないと思える時がくる。その時にがんばればいいから——含蓄のある言葉に、うなづかされた。

逃亡犬

小説の神様といわれた志賀直哉は、大の動物好きであったらしい。息子の直吉氏が回想している。

各種の鳥類をはじめ、何匹かの猿、奈良在住の頃は月輪熊の子も飼っていて、小さなうちに公園へ寄付したという。

犬が大好きで、いつも二〜三匹はいたらしい。「クマ」という随筆に、クマが居なくなった話がある。

ある日のこと、偶然にバスの中から、逃亡中のクマを見かけた。すると、

「ストップ！　ストップ」

と、いきなりに急停車をさせて、飛び降り、クマを追いかけてつかまえたという。

私の飼うチャッピーには逃亡癖がある。つい施錠を忘れたら、確実にとびだしている。

チャッピーの散歩コースはきまっている。チャッピーに手を出して、可愛がってくれる子が多い。十二年もたつと、幼かった子も高学年になり、電話をかけてきてくれる。

「チャッピーがこっちで、ひとりで遊んでるよ」

と、報せてくれる。

志賀直哉の「クマ」ではないが、車の頻繁に通る十一号線の国道を自転車で走っていたときだ。

チョロチョロと路肩を散策している犬を見た。チャッピーと全く同じ姿かたちをしている。車線すれすれに歩いたりする。

「チャッピー！」とうしろから呼ぶと、ふりかえって尻尾をふって、とびついてきた。心細かったにちがいない。奇遇だった。

ひとつまちがえば車道で、はねとばされていたかもしれない。帰宅してみると施錠をしてなかった。私の落度であった。

『施錠をかならずチェックのこと』と貼紙をしているのに、ヒョイと他の事に気をとられていると、手もとが留守になっている。その機会をチャッピーは、けっして逃がさない。何度となく逃走をくり返している。よくぞいままで輪禍に逢わなかったことと、慨嘆しきりである。自由に憧れているにちがいない。

逃亡中のチャッピーの目はいきいきと、見ちがえるように輝いている。

此方は老いさらばえて忘れることが多くなってきた。逃亡の頻度はますますふえることだろう。

犬にまでなめられてたまるものかと、思いはするのであるが……

続・逃亡犬

犬と人間の年数比較表を見ると、チャッピーは古稀になる。つくづくとみると、やはり年寄り顔になっている。年はあらそえないものだ。可愛い幼さが無くなっている。もの忘れが多くなってきて、檻の戸じまりを忘れる私の手もとだけを注視している。いつもはどこを見ているのかわからない、トロンとした目が、とびだした瞬間、生気をよみがえらせて、いきいきと輝くのだ。外がいいのだ。

ヤモメ暮しの私の朝食は、パン食だ。一番手ばやく簡単に出来る。昼はコンビニで買った米飯がある。賞味期限一年を買いこんである。これに飽きたら、周辺の和食料理店に行く。ほかにも各種とりどりの品を並べ、客が好みの皿をとり、米飯、大中小で精算する。食器はセルフサービスという、はなはだ利便性のある店がある。

ヤモメ暮しも随分馴れてきた。昔と違い便利な世になっている。

洗濯機がガタガタと唸りながら洗ってくれ、掃除は息子の手配で、月曜と木曜日に、ヘルパーさんが一時間来てくれる。

ときに嫁が来て、炊きあげた米飯を、おニギリ大にラップして冷蔵庫に入れてくれる。

衣食タリテ礼節ヲシルという、なんとか見苦しくない程度にくらしている。欲を言えばきりなしだが、両脚の膝が痛くてテレビで宣伝する処の、錠剤八箇を毎朝三年飲み続けているが、効果は無い。宣伝する処の大女優にだまされた気がするが、やめたら痛みがひどくなると思って続けている。

二、三日前、チャッピーが、左後肢をピリピリ、ピリピリ痙攣させていた。以後、ビッコをひいて歩きだした。古稀ともなれば、犬でも、家内のわずらった関節リウマチになるのかも。併し本復力が早く、今朝の散歩には平常の並足で歩いた。

帰宅してから彼は私が戸じまりを、きれいに忘れたのを見逃がさなかった。

卓上に朝食のトーストを皿に置いて、オレンジマーマレイドを塗り、新聞をとりに行った、そのわずかな隙だった。

(失敗した!)と思ったのは遅かった。食卓に坐りこんだ彼は、パンを横咥えして、私を見上げた。睨んでもこたえない。しっかりと咥えこんで、だれにもゆずらぬ顔だった。

突然死

八月二十三日午後一時過ぎ、入院先の動物病院で、チャッピーが突然死した。犬齢十一歳、人間では六十過ぎである。

院長からの連絡で引取りには、石鎚鳥獣霊園の車で行った。

中ぶりのダンボール函に、横向きに置かれていた。苦しみもがいたあとは少しもなく、むしろ昼寝をしているようにやすらかだった。胴の上に一本、ピンクの花をつけた草花が置かれていた。

「よかったら原因解明のために腹部解剖しますか」

と医者が言う。

「いいえ、結構です」

函の遺体を抱いたまま、言下にことわった。日に日に、七、八本の大きな注射を毎日打たれていたのである。

死んでからも切ったり突いたりはさせたくない。

ことのほか今夏は暑かった。七月二十日に食餌をとらなくなって入院した。一度は退院させたが、やはり食事ができずに再入院をした。

レントゲンでは肝臓とタンノウに異変があるらしい。

毎日、夕刻に見舞いに出掛けた。好物のササミのおやつを運んでやった。

これだけはよく喰べた。

病院食は喰べないままだった。特に死の前日はよく喰べてくれた。

霊園の犬葬は意外に長かった。七時過ぎに白布に包まれた、小ぶりな骨壺が帰宅した。

今年二月に逝った妻を祀った仏壇に、まだ温味の残る壺を置いた。このときふと妻がチャッピーを招んだのではないかと思った。家では家内が一番の愛犬家であった。家内が亡くなってから、心なしかチャッピーの生気が失せていた。

灯明を立て一巻の終りの刻を、瞑目して弔った。

今まで土間で飼っていたが、居間へあげる用意を一昨日したところだった。ゲージも大きなものに変え、冷暖房の用意もしたところだった。

じっとしていても汗のふきでる、連日の猛暑つづきだ。涼しくさわやかな風がふきだしたら、庭の築山のかげに埋葬してやるつもりだ。

築山には家内が植えた白百合・牡丹が花ひらく。

このあたりは元気であったチャッピーの、極上の遊び場であった。

早朝

早朝から電話が鳴った。

「こちら東京のK出版です。平井辰夫さんおられますか」

「はい、私ですが？」

「御当地の図書館へ行って、馬になった話を読まして頂きました。たいへん面白いので、ひろく紹介したいのです。…」

「有難うございます」

「サンケイ新聞のまん中に、一面全部に紹介記事を掲載します。かくれた芸術家を紹介している欄なのです。」

「結構な話ですね…」

「ところで、その掲載料金は二十万四千円です」

「無料じゃないのですか」

「なにかと諸掛りがありまして…」

「こちらは年金ぐらしの身ですから遠慮させてもらいます。ほかにも金持ちでかくれた芸術家がいるでしょう…」

と言って電話を切った。

すると玄関のガラス戸に人影がして、呼びだしベルがなった。

錠を開けると、見知らぬ中年の婦人が三人立っている。うしろに園児ぐらいの子がひとり居た。


不安気に私を見上げている。

「あのう、私たちは、うれしいよろこびをおつたえに参りました…」

「なんでしょうか…」

さいぜんの二十万四千円が頭にきていて、腹立たしい口調になっていた。

「あのう…聖書をお読みになったことがありますか?」

「聖書と、うれしいよろこびと、なにか関連ありますか」

「はい、ございます。それはですネ、このパンフレットをさしあげますから、是非お読み下さい」

私の顔つきが硬く強張ったので、退散の気配をみせた。

いくら信仰の自由と言えど、強要するのは如何かと思う。早朝に寝こみを襲ってくるなど、もってのほかだ。

一番うしろに居て、幼い子の手をひいていた婦人が、丁寧に一礼して、

「先生、朝早くからすみませんでした。私、五年前にこの子出来る前、先生の絵の教室にいた〇〇です。その節はお世話になりました。先生、お元気そうでなによりです」

と、背を向けた。幼児も母にまねをしてピョッコリと、おさげの髪を垂らした。

腹だちをすぐに顔にだす悪癖を、私は悔いた。

コレクション

八十余年も生きてきたら、いろいろと珍品がたまる。旅行したらかならず土産をくれる人がおる。

絵の教室の方で、たえず外国旅行に行く。先日はラテンアメリカインディアン・マヤ族の手づくり人形を頂いた。

「グランドキャニオンのそばの店先にありました」

という。白ぬりの顔に黒の入れ墨で、角がある。バッファローを模したのかもしれない。

夏には、アルゼンチン・リオのカーニバルに行かれた。

「先生がきっと喜ばれるだろうと、これにしました」と言う。

サンバ姿の妖艶な娘が、シルクハットの礼装の若い男とダンスをしている。

右膝を高くあげて曲げている。黒タイツの粗い編み目が、男のズボンのボタンに引掛っているようだ。引くに退かれぬ、コミカルな一瞬が面白い。

これまでに数えると、数知れないコレクションとなった。ひとつひとつに愛着がある。

ペルー民族人形は、子供を抱いている土俗的な若い母親の表情が暖い。

宗教的衣装だろうか、法服のように豪華けんらんな衣装のトルコ人形は、朱の帽子に円鏡をつらねて飾っている。礼拝用の敷布までつけてくれた。これにひきかえ、クロアチア民族人形は簡素此の上ない。

花嫁花婿ともに喜び踊る仕草で、白シャツに黒のスカートとズボン。女は朱のベレー・男は黒ベレーで表情が明るい。

中国は京劇の猿面で、歌舞伎に類似している。

ロシアは日本のコケシに似た、木彫りに塗りをしている少女である。

その他、私自身が集めた我楽苦多で、戸棚は満ちて溢れそうだ。

ときにガラス戸をあけて手にする。きまって手にするのは河童の子である。幾度見ても愉しい。

小学校一年生の子の作品で、少し絵を見てあげていた頃の事だ。

「ぼくが一番ビリだった」

と憮然としていた。

「それ見せてほしいなァ」

と言うと、次の教室の時に持ってきた。

すばらしい陶芸だった。

「ぼくの絵と交換してくれる？　これはすばらしい」

彼はよろこんだ。姿態もいい。表情がとにかくいい。生きている。今見ても、心が癒される。私の一番のコレクションである。掌にのる小品だ。

長い両手で、膝を抱えこんでいる。とぼけた顔で、クリリとした目に青味がかかっている。見飽きないおかしみに、こころが和む。とても少年の手に成ったとは思えない逸品と、愛玩している。

クラレ時報

一月十六日の朝刊の中央に、大島渚監督八十歳死去と、大きな記事が目にとびこんできた。私には、その大島渚が大藤亨とダブった。大藤さんは京大出身で大島渚と学友であった。停年になって、はじめて大阪市内で個展をした。一番に大島渚が来てくれたと喜んでいた。漫画研究会にいた大藤さんは似顔絵がうまかった。文章も的確で、わかりやすい。クラレ時報という冊子の発行編集をしていた。本業はもっと私の知らない重責をこなされていたと思う。西条工場には学卒者でみえた。勤労課におられたが、絵を通じて、気安く交流していただいた。クラレ時報の表紙絵に、祭屋台を荒々しくデッサンした私の墨画を載せていただいたのも、此の人がいたからであった。

奥さんは皇后陛下と同じ学級卒で、園遊会に毎年招かれていると聞いた。見るからに聡明で、知的な佳人であった。新居へ遠慮なく、よく伺った。

今思えば、はなはだ御迷惑であったにちがいない。迷惑といえば、大阪本社へ転勤されたあとも、大阪へ来たら声を掛けるように言われて、何度も訪ねた。会議中でも呼びだしたりしたのである。

私の名を聞いていつもこころよく応じて出てこられた。今思えば、かなり無理されて応じてくれたのだと想像できる。

私はあいかわらずの、二級Bの資格であったが、大藤さんは、部長であったのではないかと思う。

クラレ不動産の土地で、高槻に居を構え、お母さんを介護なさって居られた。そのお母さんが亡くなる前日に、裏の池が血を流したように赤くなったと、話された。赤という鮮烈なイメージで、はっきりとふしぎに記憶している。狭小な池だった。

大藤さんは停年後、老人向けの小冊子を発行しだした。私はその愛媛地区係員となって、交誼は続いたが、六十歳前に物故された。

奥さんはその前年、欧州旅行を望まれて、帰国間なしに亡くなったと聞いた。小柄で、分厚い強度の眼鏡の大藤さんは、大島渚みたいにイケ面ではなかったが、肉親みたいに、なつかしい人だ。

不審者

昨年は家内を亡くし、年末には叔父をまた亡くした。不幸ごとが絶えなかった。

「親爺、礼服をクリーニングに出さないと…」

と、息子に言われた。

そういえば今年に這入っても、はや三回も着用している。町内の不幸事だ。随分と着古したものだ。早々に自転車の荷台へ折りたたんで入れ、近くの店へ行った。手渡して、その帰路、ふと気付いた。叔父の四十九日が来週にある。その四十九日をしてから、店へ出してもよかったのだ。いつもの慌て症が出たのだ。自転車の向きを、最前のクリーニング店の方へ向けて、ペダルを踏もうとしたが、そこではて待てよと考えた。洗って貰ったのを着て行ってもいいのだ。だったら今とりにいかなくても、このままあずけておこう。出来るのは三日先と言っていた。そこでふたたび自転車の向きをクルリと廻して帰ろうとした。

するとバイクを押して、がっしりとした体格の、若い警官が来た。

「なにかあったのですか、三回も、此の店の前でクルクル廻ってましたネ」

「いいえ、三回も廻ってません。たしか二回ぐらいですよ」

「いいえ、あっちから見ていたんだけど、たしか三回半は廻ってました。お年寄りが、人の出入りの多いマーケットの前でクルクル自転車を乗り廻していると、どんな事故になるか、わかりませんから、注意して下さいよ」

警官は私を、認知症気味の不審者と見たのだ。

「実は、ちょっと考え事をしてたんです。礼服を洗濯に出してきたんだけど、すぐまた入用で取りに引き返そうと思って、どっちにしようかと迷ってしまって…」

「だったらその礼服を本格的に仕上げなくても、簡単にしてもらって、次のときに本格的に仕上げて貰っては如何です」

「ほう、そういう事が出来るんですネ、成程、有難うございました。助かりました」

「いえいえ、それより、最近、老人の自転車事故が多発してますから、十分に気をつけて下さいよ」

角顎《かくあご》の精悍な顔の若い警官は、ニッと微笑した。

挙動不審な老人を説得した満足感で、強く単車のエンジンをふかすと、颯爽と走り去った。

肝《きも》

暑い土用が近づくと、鰻を連想する。鰻とり名人の伊藤さんを併せて想いだす。柔和な表情だが、凄い人だった。猛者とは彼のような人を言うのではないかと思った。

彼は若い時から長年、鉱山に勤めていたが、下山して海沿いのクラレに入社した。私の職場の同僚となった。

ある日のことめずらしく彼が遅刻して来た。扁桃腺が腫れ、息苦しくなったので、その腫れた瘤を除去したと言う。

奥さんに手鏡をもたせて、喉の奥をのぞき見しながら剃刀で切除した。

簡単に言うが、血がふきだし、見にくくなり、血を吐きながら、おそらくは悪戦苦闘をしたにちがいない。

注射ぎらいで、血を見るのが嫌な私には、とても想像できない発想であった。その無謀さに驚いた。

切開手術を終え、熱を帯びた喉を冷やしてから出勤してきたのだ。

今になって考えてみると、奥山の鉱山暮らしでは、医者は居らず、自分たちの手で荒療治をし、その場その場をしのいできたのではないだろうか。

それにしても猛者である。人伝ての話では、鉱山から降りてきたとき、家が見つからなかったので、小川の上に平板を渡し、見るまに仮の家を器用に造ったという。

子沢山で、女の子ばかり、七、八人居たという。

彼はいつも早朝、広範囲に仕掛けた鰻の穴場をひと巡りし、店に卸していたという。

彼が私に健康法だと言ったことがある。

「店に卸す前に腹を裂いて、キモを飲むのさ、すごく元気になるョ」

かなり大量のキモが、彼の腹中に、おさまっていたのだ。猛者の源は、このキモであったかもしれない。

停年後のことは何も知らなかったが、彼の長女の娘さんとは、私が主催した「むかし話の会」で知り合った。

地域の子供会を対象に、大型紙芝居で巡演をした。

その中にボランティアの彼女がいた。キビキビと、率先して目立っていた。いきのいい娘さんだった。鰻のキモが私の頭の中をフッと掠めた。もしかしたら、彼女もまたキモを丸呑みしていたのだろうかと。

老衰

今朝の新聞で驚いた。俳優の長門勇さんが亡くなった。八十一歳で老衰と言う。八十一歳の老衰死に驚いたのである。

八十五歳の自分と比較して腑におちないのである。

普通、老衰死は九十以上にこそふさわしい。

プロスキーヤーの三浦雄一郎さんは、八十歳でエベレスト登頂に成功している。

八十一歳の老衰死は考えられない。なにか大病をして、その後、間をおいて再発すれば、そうした状態で、老衰と言う容態におちこんでしまうかもしれない。

老衰死で亡くなった祖母の記憶では、一週間ほど何も受けつけずに、ねむりつづけて、そのまま呼吸を引きとった。

そばに終日付添っていた家人の、誰一人、気付かない静かな臨終であった。かなり高齢であったと思い、過去帳をひらいてみた。八十二歳であった。

昭和二十年没である。八十代で老衰はあり得るのである。昔は通例であったのだ。現在の高齢化社会で長寿者が伸長しだしたのだ。

今朝の新聞の一面トップの見出しに、「人口ピラミッド今は昔」と言うフレーズで、わかりやすい図表を出していた。ピラミッド型に先細りになるのが、現在は高齢者が増大して、七十代の男女共に横に張りだす図表になっている。超高齢層の厚みを一目瞭然とさせている。

おそろしいのは加速現象である、二〇四〇年の予想図は九十代で大きく横に張りだし、ピラミッドの逆立ちになる。最新の医療化の発展にともない、ますます超高齢社会へ増大していくことだろう。

人の体力の個人差で、老衰の早いか遅いか、それぞれで、私自身八十五歳になり、老化現症に悩まされている。忘れることが多くなりつつある。

視力が衰えて霞む。聴力が劣えて、テレビを大きく鳴らしている。近所迷惑であるが、許容してくれているのか、どこからも指摘されていない。

「親爺、外で聞こえるから、ちいさくした方がいいよ…」

週一度、顔をだす息子が注意する。

目下は両膝が痛く、針灸医院へ通院している。老化対策が日課になっている昨今である。老衰には、まだ間があるようだ。

願わくばトンコロリと逝きたいものである。現代医学は、いまわのきわまで起死回生の努力をする。老衰の自然死こそ願わしいが、今の世では理想としか思えない。

長門勇は、やすらかに逝った筈である。大衆奉仕のコメデアンであった彼への、報償であったかも。

お化け

私の墨彩画教室に、十数年続けて来ているNさんの話である。

市の西方は埋立てが進んで、工場誘致もあり、聳り立った崖つづきの難所が、見はるかす平地に変ってしまった。

彼女の話は、まだ船屋から仏崎にかけて崖つづきであった頃の事だった。

お風呂屋さんを出て、少し夕風に当ろうとして、海沿いの波を見下ろす其処へ行き車を停めた。

沖の漁り火がきれいでうっとりと眺めていると、車の窓をコツコツと叩く音がするので振り向いた。此方をたしかめるように、ライターの灯がポッと点いた。その灯明りに彼女の顔が浮かびあがったに違いない。

「ヒエーッ！」

と悲鳴を残して、その人は逃げていった。

「はてな?」と頬にさわって気がついた。

風呂屋を出るときパックをしてきたのだった。塗るときは普通だが、硬化すると白いマスクになるのだ。目と鼻と唇だけがポッカリと出ている。まさしく白塗り仮面が、ライターの灯に浮かびあがったのだ。

女一人車内に居て、じっと沖を眺めていれば、疑念をもたれたにほかならない。大仰に車を噴かして逃げて行った人は、はっきりと白塗りのお化けを見たのである。

それから船屋地区から仏崎にかけて、いろいろと幽霊ばなしがひろがってきた。

車にのせてくれというので乗せた美人が、知らぬ間に消えていて、そこのシートが濡れていた。なかなか乾かなかったとか、ふいに車の前を白衣の人が横切っていった。うしろの席にその人がうつむいて坐っていたとか、結構、有名な幽霊ゾーンになった。

それも夏場だけのことで、西条名物のだんじり祭が近づくと、自然消滅してしまった。

火付け役の幽霊ばなしの原点は、此の私だったと、今もって反省してますと彼女は言う。

羽織袴

おつきあいを頂いた偉い人に、愛媛大学医学部教授の太田博士がいた。

博士の還暦式に招ばれて行って驚いた。会場が博士の教えた人達で、びっしりと埋められていた。

赤い帽子とチャンチャンコ姿で御当人が皆に向いて坐って居られた。その最前席に私の席があり、並んでいる隣席は、子規博物館館長と名札があり、小柄な紳士が居た。

好遇にも程があるので一瞬迷ったが、臆面もなく着席をした。折角、いい席を用意してくれたのに、空席にしては非礼になると思った。

そもそも博士とは、出版なさったエッセイの本に、挿し絵を依頼されて描いたのが、はじまりだった。

おいそがしいからだなのに、真夏にたずねてこられ、拙宅の、アトリエの汚れちらした処に坐りこんで、閑談をした。楽しい一日だった。

私は大雑破な性格だが、博士は微細な処まで目の届く、几帳面なひとであった。人の命をあずかる仕事をしているせいだと思われた。

その後、秋口に奥さんから電話を頂いて、いそいで病室へ行った。

悪性の前立腺肥大であった。

「私の家系は岡山で、昔から代々医家育ちで、その自画像を遺しているのです。よろしく頼みます」

と、細々とした声で言われた。

付き添われていた奥さんは、すでに用意をしていて、仰向いて寝ているベットに羽織りをひろげて置き、折目のついた袴を展げられた。

スケッチの用意をしてきてほしいと言われていたのは、自画像を描くためであった。

洋画でなく墨彩画で、掛け軸としてほしいと言う。

私は描きあげた絵を持参して見て貰った。

すでに焦悴しきっておられたが、うなづいて頂いたのでホッとした。隣り街の新居浜にある軸装店で最高の仕事をしてくれと依頼した。早急にと頼んだ。

出来た軸を届け、病室で吊って垂らした。じっと凝視されていた。もうなづくちからもおとろえておられた。

さすがに名医と言われただけに死期を悟っておられたのだ。

数日して訃報を、奥さんから聞いた。

西条の山頭火

二十三年も前の話である。

一度だけだが、会長という要職に祭りあげられたことがある。もとはと言えば、この話の言い出しっぺで、あとにひくにも退けずに受けたのだ。

歌人で、もと新居浜商業高等学校長の猪川喬興先生に、ふとした機縁でお逢いした。その折、山頭火を、小松の香園寺で、商大の教授であった高橋一旬先生から紹介されて、西条の武丈公園まで一緒に歩いた話を聞いた。

約十五キロを歩く途中、拾い煙草をくゆらせ、原ッぱの柿の木の下で野糞をしたり、一旬さんと時勢を嘆いたりした。私は、此の貴重な体験を私のひとり占めで終らせるのは惜しいと思い、「山頭火の歩いた道を歩こうかい」という会を、発足した。

先導役は猪川先生で、百名近い人が六十一番札所の香園寺を、朝八時に出た。

「本当に汚い乞食坊主で小柄で、強い風には吹き倒されそうだった。誰れかが支えてやらねばならないと思いました」

最初の感動を、山頭火本人に逢った人から聞くのは新鮮であった。

高齢者の参会者が多かったが、四時間近くかかって、みな疲れもみせずに帰着した。落伍者を乗せる数台の車を用意したが不要であった。

参会者には手土産として、山頭火、真筆の短冊のコピーを、持ち帰って貰った。

猪川先生が一句さんに言われ、一筆請うて書いて貰ったのだった。

山のけはしさ流れくる水のれいろう
はっきり見えて水底の秋

二点のうち、『はっきり見えて』がいいですねと言ったところ、先生もまた同感と言われた。清流加茂川を讃えてくれている。出色の佳吟である。全集の中でも輝いている。

此の夜の山頭火は同じ層雲誌の俳友である、女学校の、石川校長宅で一泊した。

翌朝、請われて教壇に立った山頭火は、立ったままで何ひとつ語らずに微笑していたという。

翌年武丈公園に、『はっきり見えて』の句碑が、石鎚山の霊峰に向かって、高々と建ちあがった。

西条ライオンズの建立で、私が碑文の草案をした。

勧誘おことわり

ものごとに熱中しているとき、ふいに来客があったりして、中断する。

大切な用件の人であればしかたないと思うが、つまらない用件であると不快きわまりない。韓ドラの時代物にはまっているので、玄関のベルが鳴ると、ヒヤリとする。またきまってドラマの最高潮でベルが鳴る。

超高齢者のひとり暮しで世間とあまりかかわりないので、玄関錠は掛けぱなしである。にもかかわらず、日に何度か施錠を開ける。電話もとる。

出てみると、

「そこの空地で健康食品を売っています。早く行った人には三割引きです」

と言う。腹がたつ。

「下水道やトイレのつまりから始まって、天日利用の風呂沸かしなど……」

「お宅は随分と古いですね。屋根瓦の塗りなおしは如何ですか」

ほっといてくれと、どなりたくなるほど、似たような業種の人が、玄関ベルを押し続ける。

『勧誘一切おことわり』と書いた紙をベルの横に貼った。マジックでは字態が細いので、墨書きにした。

麗々しく奉書紙に書いたので、はなれて見ても一目瞭然だ。これで韓ドラもゆっくりたのしめる。と思ったのも束の間だった。やっぱりベルは鳴る。

「そこに書いているでしょう。うちは勧誘はみなことわってるんです」

「私のとこは生命保険会社じゃないンです」

保険の勧誘でないと言う。

そう言えばそうだ。

麗々しく、我が家は生命保険会社へ莫大な契約をしていると世間へ発表しているように見える。あわててすぐにはがした。勧誘に拘るな、と。

思いついたらすぐしないと気が納まらない老人症だ。気ぜわしいのだ。

自転車をとばして百均ショップへ行った。

勧誘の語に近い名票をさがした。手に入れたのは『押し売りおことわりします』であった。

薄ぺらなプラスチックに印字してあった。ペタルを踏みながら帰り道に考えた。これを掛けたところで、やっぱり玄関ベルを鳴らすだろう。

「私は押し売りでありません…」と言うにきまっている。今の時世ではもう何もせんに限る。百均で百円の浪費をしただけなのだ。煩雑きわまりない社会に生きるからには、超高齢者であっても、甘受しなければならないのであろう。特典はない。

三回忌がすんだ亡妻へ、いまだに化粧品セールの電話や、カタログ誌がくるのである。世はあげてすさまじい商戦が行われているのである。韓ドラにのめりこんでいようがいまいが、おかまいなしなのである。

いまもまた、それらしい電話が鳴りひびいている。

勧誘㈡

押し売り勧誘一切おことわりで、玄関をしっかり施錠しているが、あきらめずに何回も呼鈴を鳴らすやからには、へきえきしてしまう。こんなに鳴らすところをみると、よほどの要件かもしれぬと思って、錠をあけると、中年の婦人が立っている。

「私は松山からきました」

と言うのに車が見当らない。戸毎を巡っているセールスだ。

「ヘアー専門店でカツラを販売してます」

「ヘアーと言っても、私は見てのとおりの白髪で、必要ありません」

「いえ奥さまの方に…」

「亡くなって三回忌です」

「失礼しました」と恐縮する人は稀で、たいてい無言で帰る。

此の日は続いて施錠すると同時に呼鈴がなった。

暫くたって帰らないので戸をあけた。

やはり小肥りした中年の婦人がいた。眼鏡が光る。

「このたび私方で店の五十周年記念行事と致しまして、沖縄で着物ショーを行います。クジ引きですが、当選すると旅費宿泊料金無料です…」

「妻の三回忌がすんだところです。私は無用です」

クルリと背を向けて帰った。暫くそのうしろ姿を見送って、様子をうかがった。

隣家へも前の家にも這入らない。何故わが家だけくるのか、考えたが納得できない。入り易いのだ。

夕方まで二度ほど呼鈴が鳴りとおしたが、無視して、開錠したい気持とたたかった。

夜更けてから電話があった。

「先生、呼鈴が鳴るのに何故出られないんですか？　裏の方へ廻って覗いたら机の前におられたのに。郵便受けにバレンタインのチョコ、すこしですが差入れしましたので、みて下さいネ」

あわてて郵便受けをのぞいた。モロゾフのチョコがあった。

裏へ廻れば家の中がのぞける一角がある。今後はそこをたしかめてから、呼鈴無視を続行しようと考えた。角度によっては玄関に立つ人影が見えるのだ。

併し勧誘の人か、要用の人かは判別できない。

わが家は、気易く訪問できる家相かもしれない。

きらわれて人が素どおりするよりと、考えを変えればいい。うるさくわずらわしいが、これも世間とのつき合いと、思ってみる。

なんでも鑑定団

勧誘（二）の原稿を書いた夜、なんでも鑑定団があった。千五百万円という破格の額がついた掛軸だ。

歌人会津八一氏の作品で、淡墨で仏が描かれ、南京新唱の中の歌が添書してあった。

私が驚いたのはその金額でなく、彼の作品といっても、彼から長文の書簡文を貰った尼崎安四さんの事だった。あれは凄い。

尼崎さんの詩に感動して頂いた封書だった。

わかりやすい平仮名の手紙であった。尼崎さんは私の詩の師匠であり、ごく近くに住んでおられた。戦後、『地の塩』という詩誌を、尼崎さんが発行人で出していた。その作品を会津さんは見て、丁重な封書をくれたのだ。

尼崎さんは亡くなって十数年にもなるだろう、ある時、御長女が見えられ、

「父の事を書きませんかと、出版社から言われてるんだけど、なにかありませんか」と、訊きにみえた折、墓参のお寺をたずねたら、「うちの箪笥にお骨を入れてます」と言われた。会津八一の封書など、捨てられているにきまっている。関心の無い人だ。

私は長年勤めた、会社の社長だった大原總一郎氏の葉書を持っていた。氏が『母と青葉木菟』のエッセイを出された折、臆面もなく、批評めいた手紙を差上げた事があった。そのとき丁寧に自筆の返書を頂いたのだ。この葉書と、詩人山之内漠さんが私の投稿詩に、丁重な批評を頂いた記事の切抜きを、大事に保管していたが、いつのまにか紛失してしまった。

大事に大事にと片付けているうちに、思いがけない場所に蔵いこんでしまったのだろう。社長の葉書だから、もっと自慢して、同僚に見せびらかしていれば、今も現存している筈だ。

珍しい作品を一枚、大切に保管している。有名デザイナー宇野亞喜良氏の、八歳のときに描かれた、色紙ほどの人物画だ。裏に宇野亞喜良八歳と自署してある。彼の父の宇野喜代三郎氏は、私の亡父と絵の同僚で、名古屋市に居た。父が、当時から天才と言われていた、彼の絵を貰い受けてきたのだ。

鑑定団に出したら、どんな値がつくのだろうか。それより彼が懐かしがって、ほしいと言うかもしれない。現存の人なのだ。

風呂

昭和天皇と私と、一点だけ共通項がある。風呂が嫌いな点だ。エッセイスト外村滋比古氏が書いていた。何処の出典であるのか知らないが、共感をした。偉い人でも嫌は嫌。

風呂に入っていると、かならず母が来て言う。

「五十かぞえるまで出ないこと、早口で数をとばさないこと」

ときには九九を暗誦させられた。

それが風呂嫌いにさせたのかもしれない。

自家の風呂は木風呂で、釜口を焚いた。かなり時間かけて、母が焚いた。

台所からゴムホースを引いて、木風呂へ水を満たすのも、思えば大変であった。燃料の薪も、炭屋さんの兼業で、狭い庭に、うずたかく積んであった。

夏場は行水で、簡単だった。台所で沸かした熱湯を盥に移して、適当に水をさした。楽しかった。

繁った紫陽花の葉蔭で夕涼みを兼ねていた。

近年はすっかり廃れてしまった、夏の風物詩だ。

おそれおおくも昭和天皇は、この行水なる愉しみはなさらなかったと拝察する。まさしく庶民の特権なのだ。

いつのまにか、自家は風呂屋へ行くようになってしまった。

近年はまた、その風呂屋が廃業しはじめて、市中でも、すっかり見なくなった。変って、大型の浴場が出来はじめた。食事処も併設されている。

広いので泳ぐ子がいて、昔のように九九を唱える子は目にしない。

銭湯と言った頃の風呂屋がなつかしい。

風呂嫌いだから、あまり再々は行かないが、入湯しているあいだ、いろいろ耳学問をする。交友関係が次々とひろがってゆく。互いに背中を流しあいするフロトモである。

地域の活性化のためにも、銭湯は残っていてほしい。歴史ある業種なのだが、やはり運営費が大変なのだろう。

風呂嫌いが嘆くのも矛盾しているが、大型温泉化には馴染めないのである。

ゲスト審査委員賞

昨年、二〇一三年、全国『かまぼこ板の絵』の公募展の時、旧来の四人の審査員に、新しく智内兄助さんが加えられた。智内さんは和紙にアクリルで克明な仕事をする特異な画家だ。毎日新聞の新聞小説『蔵』の挿絵が好評で、著名な方であった。

その先生が審査をはじめると、応募していた私の一枚の絵を手にして、「これを売ってくれませんか？」と、館長さんに相談されたと、電話が掛かってきた。

「私は応募したのですから、そちらで御自由にされていいですよ。そんなに気に入られたら、差しあげて下さい。金を頂こうと思っていませんので」

と返事をした。

作品は『階段雛』という、かまぼこ一枚の小品だった。

何処がどう気に入られたのか、私にはさっぱりわからない。

階段に内裏雛や女官などを描いた、平凡な構図であった。階段の左側だけすこし空けた。昇降できるように、僅かな隙がある。ひょっとしたら、その空隙を面白いと考えられたのか。ともあれ、応募からはずされて、進呈することになった。

そのかわりという意味でもないが、他に応募していた『瑞応寺托鉢僧』が、智内兄助賞を受賞した。

例年、出品者の作品が、カラーで紹介される作品集が、昨日届いた。智内兄助ゲスト審査員賞として托鉢の僧達が写されていた。そのすぐ脇に、コメントが添えられていた。

「寸評」

いろんな絵のコンクールで審査をしてきて、『この絵が欲しい！』というのに、巡り合う事はめったにない。集団見合いや〝合コン〟で『嫁に来ないか？』と告白したい人に、巡り合う事がめったにないように。でも城川で出合ってしまった。平井さんの『この作品』です。

素晴らしい言葉を頂いた。嬉しかった。階段雛はともかく、托鉢僧たちに目をつけて頂いたのだ。

受賞式で智内さんから色紙額を頂いた。アクリルで描かれた内裏様であった。克明な仕事で、その典雅さに魅せられた。粗雑さが無いのである。

代えたれや

自宅の西に大きな川がある。すこし行くと小学校がある。もすこし行くと飲食店が二、三ある。

その店の中に鉄道貨車を模した店があり、竹藪を店の垣根にしている。趣向が面白く思って這入った。

注文したコーヒーを掻きまぜて驚いた。大きな褐色をした油虫が泛き上がってきた。

近くにカウンターがありマネージャーらしい初老の男が坐っていた。

私がその油虫の泛いたコーヒーを見せた。

マネージャーは平然として、店の女の子へ、

「このコーヒー代えたれや…」と言った。

あきれた親爺である。謝罪の言葉があるべきだろう。代えてやれば、それですむ問題で

はない。

実に平然としている。今まで、すでに何回もこうした椿事があったみたいだ。そのたびに、「代えたれや…」と言っていたにちがいない。

問題にするほどの事でないと、客もマスターも考えて、代えてもらったコーヒーを啜っていたのか。

私は代えてもらったコーヒーを飲む気にならなかった。もう二度と此の店には立寄らなかった。

話は違うが、やはりコーヒー店で、この店は女主人がオーナーであった。

町の中心の商店街であった。階上階下に私の絵を月毎に新しく入れ替え展示をしていた。

階上の利用客はなく、閑散としていた。

額の取り替えで、画を取りはずすと、パラパラと煙草と燐寸が落ちてくる。

高校生たちの、煙草を吸う溜まり場になっていたのだ。

新しい絵を掛け替えると、ひろい集めた彼等の品を没収せずに残して置いた。

あまり掃除をすることが無く、油虫は見なかったが、この店に住みこんだ鼠が、昼日中、階上を我が物顔に走り廻っていた。

衝突

昨日は衝撃的な体験をした。数米前で、ふいに横道から出てきた軽四が、二屯トラックの横腹へ突っ込んだ。全くの自爆行為だった。悪寒が走った。

二屯車の運転手側の扉はフッ飛んだ。運転手は外へ出てくると、携帯で連絡をしていた。

ぶつかって行った軽四の前部が、ちぢんだように拉げていた。

失神しているのか、身体中に傷を負っているのか、車内は静かだった。

「これは大変だ。警察が来たら動けなくなるかも」

と言って、脇道の方へ這入った。対向車線の事故車の後方は、すでに長蛇の列が続いていた。

「長年、運転してたが、目の前で衝突を見たのは、初めてですよ…あれはとびだしてきた軽四が悪い…全く無茶だ」

私を乗せてくれている彼は、義憤を感じたのか、

「この頃はとばすのがふえてきて困りますわ…」

と嘆いた。

今朝の新聞記事に、昨日、体感した事故記事が出ているかと思って見たが、何も出ていない。

死亡事故だったら出るのかもしれないと思った。

とび出してきた人は無事だったのだ。全くもって奇跡としか考えられない。衝撃的な衝突だった。

考えてみれば、少しの時間差で、私の乗っている車が襲われて、此方が生死の境をさまよっていたかもしれないのだ。

乗せて貰うのはいいけれど、どんな不測の事態に巻き込まれるやらわからない車社会だ。

もうすでに十年は過ぎているか、息子に単車をとりあげられて自転車で走っている。電動自転車だから踏む脚力がすくなくてすむ。だが充電するのを忘れると、すごく重いのである。仕方がない。

県警が発表をしていたのに、老人の交通事故が年々多発、増加の傾向があると言う。

身体機能の衰えが原因なのだろう。

以前は農道の細い路でも、スイスイと走ったのに、細い路がウネウネと曲がってハンドルがうまく利かない。平衡感覚がにぶくなっておるのだ。

倒れる前に自転車を押して細路を歩くのは、情けないが仕方ない。転ばぬ先の杖である。

それでヒョイと思い当たった。あの軽四の運転手は、若者でなくて高齢者だったかもしれないと。

アクセルとブレーキを踏み違えたのかも。

自転車ではまず考えられないミスである。

孔雀と二合五勺

今朝の新聞で、一面記事に思わず目をみはった。

第六十六回正倉院展に出されている古文書に、孔雀が、庭園に飼われていたと記帖されていたらしい。飼育の役人が、日に二合五勺（約〇・二キロ）与えていたという。

孔雀はインドシナ・朝鮮半島・新羅から献上されていたと日本書紀に記されている。見るからに豪奢な此の鳥は、まさしく王者の風格があった。富や権力の象徴であった。

私が目を凝らしたのは貴重な米の二合五勺だった。今はすでに昔となった戦時下、統制経済政策で、国民は、日に二合五勺で暮らしたのだ。

二合五勺以上は不法で闇米なのだ。お百姓さんをのぞいて、大方の人が栄養不良になっていた。

二合五勺になにかを混ぜ、飢えをしのいだ。母は野菜を入れて雑炊にしていた。大方の国民が栄養失調の時代であった。

聖武天皇が観賞用に飼育されていたのが、何羽であったのか不明だが、贅沢な話である。現代のパンダ以上に珍鳥であったらしい。

権力と財力の象徴であったと、専門員が語っていた。

二合五勺で空き腹かかえ、勝利を夢みて圧政に耐え、その果に敗戦を迎えた私の青春期であった。四年したら傘寿である。いい年になっても食い意地が張っているのは、此の時に抑圧されたせいかもしれない。怨念が二合五勺にこもっているのだ。

ふと優雅で美しい孔雀の記憶がよみがえってきた。あれは記憶ちがいかもしれないが、友愛の丘の教育センターへ行ったときだったと思う。

広大な山手の敷地の奥に、グランドのような平坦地があり、その隅の一角で、孔雀の群れが飼育されていた。

ゆるやかに滑空する姿は素晴らしい。尾尻の羽を立て、円型を描いた姿は、覇者の風格だった。

どうしてこの場所へ来園してきたのか、その来歴は訊かなかった。

奈良時代、宮庭をあるく孔雀の絢爛豪華さは、当時の人の度胆を抜いたにちがいない。

米二合五勺を貰っていたのも、また驚きであっただろう。

孔雀に別に敵意はない。二合五勺にこだわって目が釘づけになったのだ。古傷が疼いたのだ。

横峯寺

六十番札所、横峯寺は、はるかに遠い。お遍路の誰しも言う。遍路ころがしの難儀な坂が続くのだ。

今年は開基記念の年で、納経帖を出すと、赤札を呉れると言う。

横峯寺は一名を石楠花寺とよばれる。本堂への前庭に、高い崖が塀のように続いている。その崖が、いちめん石楠花に蔽はれるのだ。

難儀な遠路なので、バスや自家用車で来る人がふえてきた。それにともなって駐車場が広く整備された。その駐車場付近に、掲示板式の、句会句掛けが出来た。

営林署の篤志家による手づくり板であった。

この掲示板の下道を、一団のオ遍路さんが通って行く。その中で、ふらつく足を曳きずって叫ぶ、六十才ぐらいの人がいた。

「もうちぃと近くに建ててくれたらいいのにのう。ほんまに横峯さんは遠いと聞いてはいたが、いやはや、わしゃ参ったわ・・・」

どうもお酒を呑んだらしい。赤い顔をしている。

沿道のお接待で出す筈がない。酒を魔法壜に詰めてきたらしい。

「考えなしに、こんな山奥に寺建てて、わしら困らせようとしとんじゃ」

同行二人と書かれた笠を、大きく振りまわしながら、連れに背中を押されて遠ざかっていった。

お遍路さんにもいろいろと、変った人がいる。

数年前、新聞記事になった犯人がいた。何回も八十八ヶ所廻りをしていたが、テレビに写されて露見した。風雅な犯人で、俳句集も出版していた。

その句集を、私は当地の図書館で見たが、犯人と識れてから、本は消えて見なくなった。

故人の供養とか、お遍路に出るには、それぞれに発願の動機があるのだ。現在はスポーツ系の若者が、深刻な想いもなく、さばさばと楽しく廻っている。

昔は何回もお四国廻りをしていて、いつしか身弱くなり、病を得て、身寄りもなく亡くなっていく人達がいた。

当然、戒名などなく、ただ阿波の国の人、伊予の人、讃岐の人、土佐の人などと、卒塔婆に書かれ、遍路墓と呼ばれていた話を、哀れと思って聞いたことがある。

お注連の話

いつの頃からか、正月の景色に、なにがなし、ものたりなさを感じてきた。祝日の日の丸の旗を見かけなくなったからだ。

私の記憶では、戦前、戦中、正月は戸毎に注連飾りと日の丸が門柱に立っていた。いつ頃から国旗を見なくなっただろうか。

誰れも旗を出さないのに、うち一軒だけ立てるとなると、なかなかに勇気がいる。まずは家の連中を納得させる必要がある。その前に納屋に仕舞った旗を出してきて、ひろげてみた。湿気で薄墨色に汚れきっていた。竹竿も彩色の黒が剥がれて、金の玉もくすんで、輝きがない。色褪せたのだ。

これはうちだけではなく、どこの家庭の日の丸も、くすんだ旗になっているのだ。これが旗を立てない理由かもしれないと考えた。

正月用注連飾りは、そのデザインを変えて、各種が戸毎を飾っている。

私の墨彩画教室に、昨年十月から来ている九十五才の人がいる。

娘さんが車に乗せてくる。

二人ぐらしの母娘だ。

自分が仕事に出ている間、ひとりで絵の独り遊びをしていたという。その婆さんは、子供の頃から、一度も病気をした事がないという。

「この度、農協へ注連飾りを三百枚納めました」

と、娘さんが言う。

絵の練習をしながら、三百枚仕上げたのである。

はじめ耳の遠い私は、

「おシメ三百枚・・・・」

と聞いたとき、注連の飾りでなく、老人特有のオモラシの方のオシメと聞きちがえをした。オシメ三百枚は注連飾りであったのだ。小柄で無口な婆さんだが、本当にカクシャクとした人である。絵の手筋もなかなかだ。

羊頭狗肉

中国人の商売である。羊の頭を店頭で見せて、内実は犬の肉を売る。これは羊の肉ですと、高値で売る。今治造船のある港には、棄てにくる犬がふえ、港の鋼材置場で仔犬が遊ぶ。棄て易い処だ。

いつのまにか手に負えぬほどふえてくると、フッと一匹もいなくなる。中国船に収容されてしまうのだ。

鳩もまた中国人の好物だ。人にすぐ馴れる日本の鳩は、警戒心もなく、簡単に掴まってしまう。此頃は野鳩も随分減っている。鯉もまた被害を受けている。

うちぬきの噴水公園や、観音水の鯉もすっかり見かけなくなった。尺をこえる大鯉が、悠揚と泳いでいた。群れていたのだ。

来日中国人の、みながみなではないが、日本人の口にしないものは、自分たちが頂いてもいいのではないか、と考えているのかもしれない。

私の水墨教室の生徒さんの話では、とある朝、中国人の婦人がきて、お宅の畑の菜畑の菜を、

「スコシクダサイ…」

と言うので、

「あァ結構ですョ」

と返事して、暫く間をおいて見に行くと、五メートルほどの一畝が、きれいに抜かれていたという。こころ無い人が居るから、悪評されるのだ。

昨日はまた憐れな話を聞いた。福祉会館前の広場で、おばあさんが、白猫を抱えていた。よく手入れをしてやるのか、真白でふくよかだった。

その近所のベンチに腰掛けていた二人連れがおばあさんに近づいて、その猫をきれいだと、ほめそやしだした。ほめられると悪い気がしない。大事に長いあいだ手塩かけて育ててきたのだ。

ちょっとやそっとでは、手離す筈がない。それがどんな話で落着いたのか、その二人連れに最愛の猫を手渡してしまった。巧妙に口説かれた。

その後、数日して、ばあさんはベンチに来た。ちょうどその時、あの二人連れが、はなれたベンチに来ていた。その後の白猫の消息が知りたいと、いそいそと近付いて声をかけた。すると、二人連れは、ちょっと困った顔をして言った。

「ウマカッタョ……」

猫も喰べるのである。

教室

今年、米寿を迎えた。思えば、はるばる生きてきたものだ。父は八十五才で逝った。父の齢を、三年越えた。長寿をしたものだ。

考えてみると、父は隣市の新居浜、今治まで水墨教室に手広く出向いていた。足弱になり、スッパリとやめた。親ゆずりか、最近膝が痛みだした。目下、三教室を月に二回巡って、墨彩画の実技を見せている。生徒さんが、題材の花々を持参してくる。私が描いているあいだ、それぞれおしゃべりを始める。それが愉しい。私の世間智となる。三教室それぞれに二十数年になる。

もとは公民館主催で、一年終え、あとは会自体の運営になって引続いている。

異色なのは『青の会』である。商工会議所の、青色申告婦人部の人達だ。商店街の奥さん達だ。

名付けは私で、青色の青をとったのだが、内実はユトリロの、一番秀作を残した、青の時代の青だと、発破をかけた。

『沙羅の会』も異色である。郵便局のカルチャー教室である。入会者は即、貯金通帖を作らされる。それで入会資格が得られる。

ひと頃は四十余名にふくれあがった。常設の展示場があり、よくグループ展を催した。年に一回のチャリティもあり盛会をきわめたが、局長さんの異動で局からはなれ、市内の公民館で継続することとなった。

その頃、新装の神拝公民館が出来、館主催の墨彩画教室が発足した。私は『葦の会』と命名した。

高齢の男性会員が多いのが特色だった。パスカルの「われわれは考える葦である」の、葦だった。私とほぼ同齢の人が、のめりこんで描いているのを見るのは愉しい。此の会は、年間行事がきまっている。

五月は藤寺で藤見の会、春秋の写生会で外へ出る。グループ展二回。会長の松本さんは市役所の職員で、こまめに動く人だった。車で迎えにきてくれる。『お父さんも、よく送迎させて頂きました』と言う。

市役所のグループへ父をはこんでくれたのだ。親子二代でお世話になっているのである。絵の習作に懸命な人たちに囲まれて、嬉しい人生だと思っている。有難い老境に、文句のつけようがないのである。

名前の話

受付窓口で、女事務員さんから、よく姓名を訊かれる。

「あのうタツオのタツはどんな字でしょうか?」

「ハイ、新門辰五郎の辰です。」

「シンモンですか?」

「ハイ、昔の侠客…幕末の頃、江戸城明け渡しした幕臣勝海舟に依頼され、その折、江戸の治安を大勢の子分たちにさせた大侠客です。その辰です…」と胸を張る。

するとと女事務員さんは、奇態なものを見るような目つきをする。大親分を知らないことは、私が若いタレントの名を知らないのと等しいのだ。

と言って友人に話すと、即座に彼は、読売巨人軍、監督の原辰徳氏を教えてくれた。現代の有名人だと言う。知名度が高いと。

私は多人数のゲームよりは、一対一の勝負が好きだ。相撲・柔道剣道、ボクシングなどである。

はずかしながら、野球はルールも、あまり正確には識らない。ともあれ辰徳氏には感謝のほかはない。殆んどの人が識っている。

話は違うが、苗字の呼称で、混濁して迷い易いときがある。知人の小田原さんと、小笠原さんだ。

この二人を、いつも呼びちがいする。呼んでおかしな顔をされて気づくのだ。

そこで私なりの方法で、正解法を考えた。

小田原さんを呼ぶとき、胸のうちで提灯《ちょうちん》と言ってみる。

小笠原さんのときは、小笠原諸島《しょとう》と呟いてみるのだ。

以後、まちがわなくなった。自信をもって呼ぶことができるようになった。

似た名前で混濁するのは、痴呆の初期症状かもしれない。ときに私は、平山さんと呼ばれたことがある。画を描く人という先入観があり、名前に自信がないとき、有名な平山さんで呼んだのかもしれない。

あえて私は訂正を言わない。平山さんで否定はしない。痴呆の初期症状患者と思ってみる。

同類がいるものだと思うのだ。平井より平山の方が知名度が、はるかに高い。

あとがき

二〇〇一年から二〇一五年のポケット随想をまとめた。
『本にしてみたら……』と長男が言ってくれた。そこで、ここらあたりでと、腹をくくった。今年八十八才の米寿である。いい記念になった。クラレ労働組合、西条支部執行委員長の高木道明様、クラレ本部の大石公美子様には絶大な御協力頂き、あつく御礼申上げます。私と触れ合った人たちに、みやげものを手渡したような気持ちです。有難うございました。

二〇一六年　盛夏　平井辰夫

著者紹介
平井 辰夫（龍山人） ひらい たつお（りゅうさんじん）
1928年　名古屋市生まれ

〒793-0030 西条市大町 1110
電話 0897-56-5709

著書　随筆集『馬になった話』（草鞋社出版）
　　　詩画集『連祷 れんとう』パリ国立図書館蔵
　　　　　　（版画・本田和久　詩・平井辰夫）
　　　画文集『若きヴェルテルの教師』
　　　詩　集『蜘蛛の死』自家版
　　　詩　集『平井辰夫詩集』（近文社）
　　　創作民話『のぼり鯉』豆本　他 26 冊
　　　民話集『龍山人の石鎚山麓昔話』（創風社出版）

所属　現代詩「天狼星シリウス」代表
　　　UA ゼンセン詩人集団団員
　　　愛媛二科支部同人（退会）
　　　愛媛県美術会（洋画部）会員

平井辰夫随筆集
ガニ股

2016年8月15日 発行　定価＊本体価格 2200円＋税
著　者　平井　辰夫
発行者　大早　友章
発行所　創風社出版
〒791-8068 愛媛県松山市みどりヶ丘9－8
TEL.089-953-3153 FAX.089-953-3103
振替 01630-7-14660 http://www.soufusha.jp/
印刷　㈱松栄印刷所　製本　㈱永木製本

 ISBN 978-4-86037-229-3